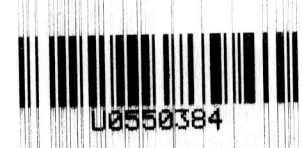

千島 40年詩選

蘇榮超 主編

序

因詩，我們從未孤單

蘇榮超

40年是一段漫長的歷程，一個詩社能夠持續運作40年，實不容易，值得做一個小小的總結，也為詩社歷史留下一點印記，因此有了編選《千島40年詩選》的想法，並著手進行。

編選的原則是每人入選作品以一至三首為限。編排順序則以姓名（或筆名）的筆畫由少至多排列。第一輯是詩社的中生代與前行詩人；第二輯大多為「月曲了青年詩獎」的優勝者；第三輯是詩社主辦「現代詩講習營」的學員，如今也成為千島人了；第四輯則是這些年來離世的千島前輩，他們都是詩社曾經的同伴，見證了一段詩意時光。

四輯共收錄了78位作者的176首詩作，可說是一場千島人的集體記憶和情感書寫，除了展現各世代詩人的創作能力，同時勾勒出菲華現代詩的軌跡與風貌。

詩選最後附錄「千島40年紀事年表」使大家瞭解詩社自成立以來的重要歷程與發展脈絡，不僅增添史料價值，也希望能深化作品的時代意涵。

整理詩稿時彷彿看見詩人就在身邊，每一首詩都是時光留下的印痕，也是詩人與時代的對話，映照出千島人對自我、族群與社會的深刻省思，而我們因為詩的陪伴從來不覺孤單。

此外，必須感謝幾位編輯委員，有他們的支持和鼓勵，才能使這本詩選順利編成並出版。

一直以來，「千島詩社」就有別於菲華的其他文藝團體。千島人就像家人般感情融洽，今天大家為了一首詩爭論得面紅耳赤，明天又開始有說有笑。正是這種情感，讓詩社走得更遠、更久。

宋・晏殊「無可奈何花落去，似曾相識燕歸來」，花落去和燕歸來都是生命的流轉，一種愛的形式，也是對遠方的態度。詩人所求不過是一片的靜謐，至於什麼時候徘徊、前行，什麼時候駐留，都在世俗的考量之外。

希望這本詩選的出版策勵著我們，千島40年將是另一個起點，繼續蛻變和成長。

目次

輯二：思念的月色如霜

輯三：一口溫情在指尖瀰漫

輯四：聽見時間來了我微笑等它

輯一：兩面被煎熬的都是魚的骨肉

小剛

雨越下越緊／孤寂的心不停搖晃

陳剛，筆名小剛，祖籍福建晉江，出生於湖南長沙。1992年到菲律賓定居。1999年進入菲律賓最大的華文報《世界日報》擔任編輯工作至今。

醉夢長灘

椰樹婆娑
海鷗翱翔
細白如粉的沙兒
搏浪如鯽的人兒
引人銷魂

嗅一嗅海風
吻一吻海水
奔放的篝火
狂熱的醉飲
消融於懷中

此刻美妙良辰
生命即成風景
詩心即成夢境
醉夢長灘
今生不醒

斷翅的海鷗

躺臥沙灘
夢見自己變成一隻
斷翅海鷗
身心苦楚　痛苦不堪

漆黑的夜空
狂風吹落了風帆
飄搖的船隻
如斷翅海鷗　欲飛不能

大海咆哮
烏雲沉沉
忽聞你的呼喊
我奮力地游向你　我的翅膀

孤獨求雨人

季節的魔法，將城市注入愁情
煩亂的街道，只有樓宇的陰影
小河的潮音，悄悄地漫過指尖
雨越下越緊，孤寂的心不停搖晃

沐浴在雨簾之下
看季節傾注出的思念
斑駁的路燈，哀歎誰的遺憾
滴滴答答，唯我聽見

煙雨中的我，內心惆悵
思緒在雨絲中穿梭，落滿臉龐
一條條的椰樹葉，無聲地狂舞
永不停歇，伴隨著我的心跳

飄渺的雨季，縈繞著濃濃的憂傷
如夢如幻，蕩漾著餘溫
雨中的城市，依舊那麼繁華美麗
而我，卻是孤獨求雨人

小鈞

落日處那裡也許就是／所謂的天涯

陳曉鈞，筆名小鈞，1964年生於晉江，1984年移居菲律賓。1988年加入千島詩社，曾任第八屆社長，現任榮譽社長。2005至2007年擔任旅菲各校友會聯合會第五屆主席，2006年攜同屆領導戴國治學長在菲律賓《世界日報》開闢「校友聯園地」副刊，任職期間發起「紮根與融合」為主題的全菲徵文比賽，並促成徵文作品結集出版，書名《紮根．融合》。著有詩集《想想》。

浪打浪

極目
落日處那裡也許就是
所謂的天涯

討海
海生活著不一樣的魚
但不是所有的魚
都在同一片海洋

人海
人人有不一樣的觀念
風浪浪無痕
那裡才是海角

天下
同一片海
後浪推前浪

馬尼拉的唐人街

古老的王彬街
那個傳統的年代
這裡曾經眾人追小偷
這裡曾經馬車如流
這裡有書冊看不到的
送小孩上學噠噠馬蹄聲
有聽得到或聽不到的
人間的馬屁聲
馬車夫熟悉的笑容
揚鞭策馬
嘶喊此起彼伏

古老的王彬街
到處都是中文招牌
諸多國貨店和書店
中藥店坐堂醫師問診
逢年過節舞獅舞龍
石頭老街南音繞樑

外祖父與舅舅們
用心經營的餐館
外祖母記憶中
持續不斷的僑批
家鄉親人生活的希望
如今已是僑史珍貴資料
老一輩華僑心繫故里
家國情懷的印證

今日王彬街
永美珍糕餅
煎包泉記美食
中藥中華食品
菲律賓同胞
排隊競相購買
華語閩南話
自然而然融入
多元文化熔爐
成為菲語組合
就像王彬銅像
尊嚴傲立街頭

今日王彬街
高樓林立

《世界日報》煥新彩
年輕僑民
駕駛汽車
帶孩子追趕
華校的晨鐘
融合不忘根本
中華傳統美德
愛國愛鄉代代傳

——旅菲四十載有感而作

手中扇

又是一年的中秋
奶奶離開我們
已五十年唉

昨晚夢到
童年的我與奶奶
龍眼樹下乘涼
奶奶手持芭蕉扇
為我驅趕蚊蟲
手不緊不慢不停地扇

我抬頭默默看
天上的月
那麼的大
那麼的明亮
又那麼的圓

王仲煌

一下二下三下／鞭打我的／不是風／是遠方的海

王仲煌，第十屆千島詩社社長。著有詩集《漸變了臉色的夢》、文選《拈花微言》。

孩時的畫

一棵綠樹
一座小屋
一條向畫外
寬闊的長路

一圈太陽
兩朵白雲
三對翅膀

多少年後
我能擦空四周
牽起你手
回去那幅圖裡

美麗的風景

我來這裡
數遠方的恩怨
看著
一個個人
奔出懸崖
躍進
這美麗的風景
不留痕跡

我想訴說
酸甜苦辣
悲歡離合
這美麗的風景
凝神
靜聽
又微微一笑

百年，竟過去了

吹吹風

晾衣線上
一件衣裳飄蕩

我也得
吹吹風
伸展兩臂
把自己掛到天空

童年的稻草人
仍守護青綠的原野

一下二下三下
鞭打我的
不是風
是遠方的海

王勇

晶瑩的露珠／總在陽光來臨前悄然引退

王勇，筆名蕉椰、望星海、一俠、永星等。1966年出生於中國江蘇省，祖籍福建省晉江市安海鎮；定居於菲律賓。已出版詩集、專欄隨筆集、評論集十三部。曾榮獲菲律賓作家聯盟（UMPIL）《巴拉格塔斯文學獎》、《2018亞細安華文文學獎》、《世界華文微型小說40年貢獻獎》等重要獎項，經常應邀擔任國內外文學獎評審。作品曾刊登於《人民日報》、《詩刊》、《創世紀》、《聯合報》、《香港文學》等等海內外報刊雜誌，作品和事蹟入編《閩派詩歌百年百人作品選》、《海外華人十大三行詩詩人》、《1949-2015晉江詩人作品精選》、《晉江當代旅外文化名人輯要》、《晉江籍海外作家作品選》等等。

雨傘巷

登一線天，不用遠赴武夷山
華人區也有，就在雨傘巷

陽光曲曲折折攀爬下來
探望匆匆的腳步
雨滴筆直筆直地探下手
敲打行人與攤販的傘蓋

雨傘巷不賣雨傘
雨傘巷也沒有詩人戴望舒的
丁香花，雨傘巷有穿越而過的
記憶、歲月與唐人斑駁的歷史

總會有雨的味道淚的味道
像一條時光隧道，走出來
華僑。華人。華裔。混血兒……

多少腳步，天天叩問著雨傘巷
雨傘巷的回答是仰起首來
瞭望頭頂的一線天
天上的雲，飄閃而過
雨傘巷便知道
不用等多久，雲就會化為雨
回家，回到雨傘巷

註：雨傘巷（Carvajal Street）是菲律賓首都馬尼拉華人區的一條窄巷子。

中山街

中山先生奔走革命
南洋已漂泊成第二故鄉

長年穿行在馬尼拉華人區的
中山街，在太原堂瞻望先祖
「開閩第一」的牌匾閃著光芒
我夜夜夢想某天能夠碰上

一個偉岸的身影
從自由大廈的中山堂走下來

中山街轉兩個彎，就看見
羅曼・王彬站在石基上招手
不停地打著革命的手勢與暗語
可惜，中山先生
從沒到過中山街王彬街

岷倫洛教堂的牆垛攀著不墜的
青苔，晶瑩的露珠
總在陽光來臨前悄然引退
此刻，聖人羅仁樹青春剛毅的眼角
閃著淚光

註：中山街（Benavedez Street）位於菲律賓首都馬尼拉的華人區，該街自由大廈，五樓設有中山堂，以紀念孫中山先生。

故鄉

「故鄉很小」，是一個香囊
在揮汗如雨的千島
夜夜，來香
千言萬語不知從何道起

故鄉很大，五湖四海
一個方塊字一個故鄉
一句鄉音一個故鄉
一碗地瓜粥一個故鄉
一曲南音一個故鄉
一家同鄉會一個故鄉
一條唐人街一個故鄉
……

可小可大的故鄉
隨著每一聲心跳伸縮
不是幡動，不是風動
而是，心動－－故香

石子

你液化／摘放　在盅裡／我唇啜喉嚥的／這枚滿月

本名翁淑理，生於臺灣，夢於千島。詩人、素描者。筆下的字，一半理想，一半現實。

月盅
——地出土了

內心那深細的感受
依附著凸凹的杯表
輕扣
托捧的雙手
是緣於杯體那泥化火燒的歷歷往事？
是感於杯表這翼飛雲籠的渾渾天宇？

匍匐的十指血肉
環繞發熱的杯身
來回地叩問　詢探……
莫就是

你液化
摘放　在盅裡
我唇啜喉嚥的
這枚滿月

鐵絲網

隔著
牆外
與
牆內的
世界

高高地牆上
五條
鐵絲網
在漫開的籐花下
成了白頭翁跳踏的
五線譜

隔著
牆內
與
牆外的
世界

鐵絲網
和早晨咖啡杯旁

牆外的社會版
怒目相向

白凌

船便忍不住／搖動整條河流

本名葉來城，1943年生於菲律賓，曾任辛墾文藝社社長、千島詩社社長及發起人之一。臺北創世紀詩社同仁、三屆亞洲華文作家協會菲分會常務理事、菲華文聯文學顧問、菲華作家協會副會長、菲華文藝協會發起人之一。主編《正友文學》第一輯、第二輯、《菲華文學》編輯，企管系學士。

蚯蚓

來自龍的故土
離家已遺忘年代
在時間的泥濘中打滾
唯一的尊嚴是
埋首於黑暗的蠕動
受之父母的體膚
放任宰割
吞忍是造化的惡作劇
一把鋒利的刀刃
切割日子
蚯蚓　你的別名是華僑

陀螺

——我是陀螺，你是鞭子

你緊緊的擁抱
是我唯一的依賴
用思念打紮的繩索
是一條遙控的長鞭
即使出走
日子的輪轉
也要你遠遠地
牽引

如浪

牽妳小手　上船
船便忍不住
搖動整條河流

從妳的眼神　上船
船卻激動
如浪心事

只有忽來的雲雨
打濕妳我
打濕時空

江一涯

她，巨大而渺小，強而弱

本名蔡滄江。祖籍中國福建省晉江市。二十世紀八〇年代開始躋身菲華文壇，曾任新潮文藝社社長、菲華文聯常務委員、菲華作家協會會長、千島詩社社長。著有新詩集《菌之永恆》。

菌之永恆

美的，一種菌最珍奇
不是來自空氣，陽光和水
也不是來自
四周飄颺的塵埃
直接地——從你的，我的
血液裡來，與軀體同在
肉眼看不見，甚至
幾萬倍的顯微鏡
她，巨大而渺小，強而弱
存在，在你我的感覺中
或者是靈魂深處
當一切事物都毀滅了
在這個世上
她，又將生於毀滅之外

若水

如果
變化是因為環境
是方的或圓的或任何形狀
是軟的或硬的或可以穿過
是薄的或厚的可看到高低的
是透明的原始或是
滲透了的顏色
從內到外
從上到下
感觸到的到底是怎樣的變動？
望著眼前的一片大海
我用手托著這一滴水珠
濕的又會是什麼呢？

守護
——寫給亞米利堅墓園的戰士

莊嚴聖潔的
翠綠軍裝披上大地
白色透過赤裸
一排正直瞄準探視的來客
彷彿訴說著下場的功勳

殘忍的榮譽
六十五年過去了
在我還未出世的年代
用正義蒙蔽
甚至欺騙你的青春
你的勇敢
用使命喊停你的生命
告訴我　當你走出家門的第一步
你知道什麼？
又是為了什麼？
當一切恢復平靜
精神與靈魂
一起沉澱
塵埃落定時
人不見　骨無蹤
花名冊上的記號
重複著
印在這白色的十字架上

吳天霽

看比想／更遙遠／更遙遠的是父親

吳天霽，福建晉江人，1940年生於菲律賓南部棉蘭佬島。東南亞華文詩人筆會創會理事。千島詩社發起人之一。六〇年代作品入選《中國情詩選》（臺灣版）。八〇年代作品入選臺灣聯合報《聯副三十年文學大系　抒情詩卷》，2011年兩首詩入選《亞洲詩選》（韓國版）。著有詩集《耶穌的懷念》，《吳天霽跨世紀詩選》。

家在千島上

我們的家
散落在千島上
朋友、親人
划舟相探望
起火、圍坐
在沙灘上
飲椰子酒
用最親密的母語
講盤古開天
女媧補天
講羿射九日
夸父追日
與晚潮同讚嘆
多美麗的神話啊
神話多美麗

已經是遙遠的年代了
只在夢裡
與我們相依
及至明天
晨曦爬入窗內
摸醒我們
我們看到的
仍是一大片海
漂浮的島嶼
我們想到的
仍是曝曬漁網
修補舟楫

腳印

你出走的鞋印
我始終把它保存——
在門口
我童年的遊戲
乃比一比
你的鞋印，我的腳印的大小
你還記得不？向右邊
離門口不遠處
那棵小小的椰子樹

已經長成
公立學校的旗杆了
而你的鞋印也已陷成
好深好深的窟窿
我的腳也陷
在那裡面
四十年也陷
在那裡面

耶穌的懷念

十字架上
我垂下頭
母親的臉永遠年輕
看比想
更遙遠
更遙遠的是父親
如傳說中
第二次的降臨
從十字架上
抱我下來

阿占

飄泊只為尋求／安身立命／和煦的陽光／不分彼此地親吻我

詹超鴻（阿占），1950年生於晉江市深滬漁村。五〇年代末隨母移居香港，曾肄學香港培僑中學，中途輟學進入社會工作，七〇年代中移居菲律賓，從商創業。業餘熱愛文藝，曾任菲律賓華文專欄作家協會常務理事，菲律賓千島詩社理事，著有詩文集《雲淡風輕》。2024年榮獲菲律賓作家聯盟頒予最高文學獎：菲律賓詩聖描轆逫斯獎。

紮根

以踉蹌的步履
踏上這塊土地
我是一名過客
飄泊只為尋求
安身立命
和煦的陽光
不分彼此地親吻我
雨水灑在椰子樹上
也灑在我的身上
熱情歡快的音樂
撫慰了遠來疲憊的心
我留了下來
日子在波浪中起伏
生命在磨難中感悟

我不再是過客
我的腳下生了根
我擁抱了這塊土地
她把胸膛溫柔地敞開
讓我的飄泊得到安息
我不是過客
我的心已經紮根

鯨鯊與我

牠來自南太平洋
我來自南中國海
我們相遇在宿霧島的南部
一個臨海的美麗小鎮
兩片海水相融的地方
牠說牠喜歡這無污染的海水
喜歡清澈且柔和的水溫
我說我喜歡這裡的藍天白雲
喜歡這熱情的風溫柔的夜
我們都愛這自由自在的慵懶
追求是生命的意義
滿足是靈魂的天堂
我們同樣感恩

選擇了一處心中的天地
在這裡尋到了歸宿

註：遊Olson觀賞鯨鯊歸後

山路相遇

清晨
我又遇見
從山路上走下來
那兩個中年村婦
頭上各頂著一個編織篾盤
放滿了綠色的瓜果
步履矯健
要到山腳下擺賣
她們從我的車窗旁邊經過
禮貌地向我道一聲早安
深褐色的臉上綻放著笑容
此刻的陽光是那麼的嬌美
沿著這條五公里的山路
她們腳下踩著大地
頭上頂著生活
艱難中充滿和諧
忽然之間我深感羞愧

對於生活我究竟知道多少
或許永遠也讀不懂
她們笑容中蘊藏的內涵

欣荷

或許有我想念的姓／尾字是我不忘的名

本名李文蘅。生長於臺灣。最初，寫作只是為了抒解鄉愁。後來，寫作成為一種習慣，成為一種愛好。愛上了就成癡。擔任教師四十年，熱愛教育。也愛自己。年屆古稀，願優雅的老去。

不如不見

走在臺北街頭
總是希望有一張
多看我一眼的臉
或許他就是我的思念

在醫院候診室
盯著顯示病號名單的螢幕
1吳〇珠
2陳〇雄……
99張〇承
或許有我想念的姓
尾字是我不忘的名

臺北不大，也不小
你我是否曾擦肩而過
只是

你我的記憶
沒有彼此的白髮
和皺紋

黃昏即景

不小心跌了一跤
瞬間從七十跌進了八十
摔斷了手腳
摔落了自信
歷經九個月療傷復健
沒找回健康的自己

卻和不認識的帕金森
有了糾結
日暮西山已黃昏
歸途漫漫
但願不要忘了我是誰

卓培林

就讓這枯萎枝骨／在寒天裡／站成一種哲學

卓培林1966年11月9日出生於福建泉州南安，菲律賓華僑。菲律賓千島詩社成員，中國民營文化產業商會古代藝術品學術委員，廈門市古代藝術品研究會監事，珍藏了中國歷代珍貴瓷器，菲律賓以及世界各國百年前珍稀郵票，在收藏界享有盛譽，曾於2019年四月九日，在中國廈門市博物館成功舉辦《菲律賓珍郵展》，菲律賓駐中國傅昕偉總領事，菲律賓文化中心主席黎棨索主席和廈門市相關部門領導人親臨剪綵揭幕，為增進中菲兩國傳統友誼貢獻心力！

釣翁

釣一桿
晴空碧藍
釣一朵
春天的白雲
釣一隻
夏夜的蛙聲
釣一張
飄零的楓葉
釣一條
冷霧騰騰的寒江
用這桿
欲釣出人生的
苦辣酸甜
卻釣出了自己

用彩箏塗抹空天

藍色為地
隨風而起
在空靈湛藍中塗抹
完成好色之途
為生命的精彩斑爛綻放

灰色為地
陰霾壓抑
在灰濛濛中穿越一點點色彩
即使在壓力下墜落
渴望下一次的奮起
重新塗抹空天
追雲釣月

枯樹

曠野一隅
一棵枯樹枝尖
刺破寒天
回味曾經的
破土的陣痛
萌芽的童真

滿樹花果的笑語……
乃至
秋風掃落葉的瀟灑

一些難捨的
風花雪月
如今該捨棄的
就捨棄吧
那怕孤獨寂寞
就讓這枯萎枝骨
在寒天裡
站成一種哲學

施文志

越過我的視線／侵入歲月領域

曾獲1984年「菲華新詩獎」佳作獎，1985年「河廣詩獎」新人獎，1986年《世界日報》文學獎之散文組第二名。2011年榮獲菲律賓作家聯盟（Unyon ng Manunulat sa Pilipinas）頒予最高文學獎：菲律賓詩聖描轆逕斯獎（Gawad Pambansang Alagad ni Balagtas）。著有詩文集《詩文誌》，詩集《解放童年》，中菲雙語詩集《解放童年Pinlayang Kamusmusan》，中菲英三語詩集《解放童年Liberted Innocence》，施文志詩集《是我》，八行詩集《抱抱》。

解放童年

兒女們
在玩戰爭遊戲
小兒子指揮一隊玩具兵
越過我的視線
侵入歲月領域
把我的童年
解放

煎魚

在鍋裡
翻過來，疼
翻過去，痛

兩面被煎熬的
都是魚的骨肉

小詩兩首

（一）是我

一條時間
捆綁空間
人在裡面
掙扎
破繭而出
一個是我

（二）抱抱

我好想
抱抱自己
見素懷樸
父親雙手

抱抱自己
我好想
母親懷抱
平安夜夜

侯建州

名字或許會消散／飛行的詩在每次落地時重新書寫

侯建州，島民，異鄉人、遺鄉人、移鄉人、疑鄉人、益鄉人。戀山戀海也戀城市，愛聽故事也愛讀新詩。現職為國立金門大學華語文學系專任副教授，國立東華大學文學博士，菲律賓千島詩社社務委員、亞洲華文作家協會菲分會會員，研究興趣為文學史、文化研究、臺灣現當代文學、菲華文學、華語語系文學文化、移民與族群、島嶼論述，曾任國立臺灣文學館駐館研究員、僑委會華文師資培訓講座、菲律賓靈惠學院僑教顧問、國立花蓮高農教師。

塔卡契

一起
醒在故事裡的我們
看見周而復始的祕密
搖成一面黑色的鼓
響著來自地心的震動
倏地落下的無窮花
潮濕了眼睛

迷霧中
我們騎著鯨魚
找尋
銀河裡消失的鋼琴
與嵌著月亮的那只碗
練習以眼睛與舌頭

模擬晴天的節奏
呼吸彼此的小名
一團肉與脂肪球
又溢出
肥美的枝枒
長出
橄欖與玫瑰

又一日
清澄的湖泊起漣漪
從島至島
塔卡契
盪漾的鞦韆
抱擁的顫抖

註：塔卡契 다같이 是韓文的「一起」之意。

柑欖迷：島國的韻腳

柑欖迷，落入碗中，輕彈一聲，門口的鈴鐺，甜甘一迴；酸，阿嬤醃過的話，酸得剛好，卻久久迴盪，是風裡翻過的故事。
欖，是澀的，像沿岸的紅樹，根深卻虛浮，海的聲音，總是輕聲問：「甘有在？」桔仔笑答：「無喔，欖是我伴。」

迷，有如午後的南風，半真半假的飄過，撩起樹影，像時光在拖鞋邊遊蕩，是甜？是酸？無解。迷，甘亦欖，酸中有名。

Kalamansi，轉作煮湯的韻腳；Katamisan，低吟，戀人的告白；Asim則隱藏在刀光裡，劃破寧靜，也劃出了理由。

柑欖迷，繞著千島與巴士海峽旋舞，落地，逐浪，炸出一片金黃色的笑聲。風低語：「故鄉，新鄉，都是甘，都是酸，都是根的詩意，果皮的答案。」

註：Kalamansi（柑欖迷），菲律賓常見小酸柑，常用於佐料或飲品，華文稱「桔仔」。其酸甘韻味，曾被和權以〈桔仔的話〉入詩低吟。Katamisan為「甜蜜」之意；Asim意指「酸」。

柯清淡

願她用乳汁經揉細潤／讓指紋重現

氏童年滿帶鄉國記憶及情懷自閩南渡菲，迄今已歷居78個順逆起伏年頭於華社，及其所忐忑依附之菲國大環境。氏以本身遭遇為題材，所創作出描繪海外華人命運之詩文中，有篇《五月花節》受選進中國大學教科書為課文（蔣撰）

指紋

空姐以溫馨的華語傳播：
下面是黃土高原的壺口
咱們正飛越黃河
我應聲急著倚窗鳥瞰
突發揮拳擊破機窗的衝動
讓在異國磨掉指紋的雙手
凌空伸入母親河……

願她用乳汁經揉細潤
讓指紋重現
於宗邦的新天日月下

龍變詩鈔

（一）居家猛驚

偶從媒體和口頭
探來神州的鄉訊、國事
把它傳譯給兒女
卻換來茫然、冷漠
我心寒自問：
《黃帝族譜》上
仍有我一家人的名字？

（二）留痕

舉國的遊龍留痕於此
長城角散刻歪斜小字：
吉林長春的張忠孝
九三年蜀漢鄧遵義
拉薩的藏族一兄弟
還有開放的來自臺灣的
工程師TSG（隱名氏）

我摸出背囊裡的西洋餐具
想用這鐵叉子
也刻留日期、姓名、原鄉里
卻疑《龍之族譜》

或已無我的戶籍
遂神傷抖手刻下：
海外一遺民鬢霜到此

姚靜怡

我翻爛了唐詩宋詞元曲／借用華麗的詞藻堆砌詩篇

曾用筆名靜怡、寂靜，福建晉江人，1996年初中畢業後來菲，就讀於菲律賓中正學院，2006年畢業於中正大學部電腦系。菲律賓華文作家協會理事、菲律賓千島詩社會員。喜歡寫詩歌和散文，作品多發表於菲律賓《世界日報》，曾多次在菲律賓華社徵文比賽中獲獎。

我在「中菲人文之驛」等你

越過千年的風沙
我沿著一條條驛道
走進歷史的長河
迷失在文化大觀園裡……

看罷生旦淨末醜
我在舞臺上表演自己的人生
再聽南音空繞梁
我輕唱起一支故鄉的歌

我頂禮膜拜
虔誠地面對每一種信仰
我品著美酒佳餚
不忘一醉萬年夢莊周

我翻爛了唐詩宋詞元曲
借用華麗的詞藻堆砌詩篇
只為了讚歎
讚歎這日新月異的故國家園

直到汽笛聲拂過耳旁
我在椰風找回迷失的自己
是五千年的文明
驚醒了沉睡的鄉愁

異國他鄉的土地上
你等著把鄉愁灌溉
而我
在「中菲人文之驛」等你

雨中的海島

我問
是誰偷走天上的太陽
讓細雨霏霏籠罩著我們
遠處山海在薄霧中等待亮相
雨滴在海面上彈奏樂章

我說
是那秋風在製造浪漫
讓熱帶的小島也繞指柔
厭倦了陽光裡刺眼的注目禮
只剩下洗滌心靈的雨絲

我不問不說
任草地濕透赤裸雙腳
一陣海風揚起我的黑髮
迫不及待地迎向搖曳的椰樹
靜靜地聆聽海浪的歌聲

霞浦・半月裡

巷子的盡頭
隱藏著古老傳說
在每一層石階上
傾訴故事

你從時空走來
撐起一片晴空
傘下　有你
雨中　有我

屋簷上的天空
默默凝視
無法預知的
鳳與凰的宿命

等候百年
腳下的青苔
已氾濫在
雨巷的時光

幽蘭

朦朧的遠山　望著／蒼茫的長空　展著

洪仁玉筆名幽蘭，1941年出生於馬尼拉，是土生土長的菲華人。先後就讀於丹心書院、中正學院和遠東大學。上世紀六〇年代開始參與菲華文藝活動，加入辛墾文藝社，並在其中邂逅夫婿平凡，結下美好姻緣。歷任辛墾文藝社《聯合日報》「辛墾」文藝週刊主編、作協《聯合日報》薪傳月刊和專欄月刊主編，曾任菲律賓華文作家協會副會長。辛墾文藝社和千島詩社會員，曾任亞洲華文作家協會菲律賓分會第十一屆常務理事。

青青草原上

這裡
柔柔的小草　綠著
徐徐的冷風　吹著
它們可塑造我怡靜的心境

這裏
朦朧的遠山　望著
蒼茫的長空　展著
它們可供我畫一幅陶醉的景色

這裡
幽閒的黃昏　靜著
繽紛的夕陽　照著
它們可讓我寫一首美好的人生

可是
這裡能讓我看到的
只是您長眠的地方
我所留下的
盡是沉重的腳步

光陰

營造
千千座回憶的城堡
是往事
鍥而不捨的製造者
攜帶悲歡苦樂

為生命的每一個
小節奏
演繹了浩瀚的人海世情
貫穿了千古的人類史冊

浩青

就算狂風暴雨／也要小心呵護／永久收藏

本名王仁謙，福建省晉江市杏田村人，1948年生，上世紀五〇年代去香港，六〇年代赴菲律賓定居。七〇年代開始寫詩，菲律賓軍統期間停筆，八〇年代復出。作品曾在「星星」詩刊、「福建僑報」、「泉州晚報」、「香港文學」及菲律賓的「菲華時報」、「世界日報」、「商報」等刊物發表。詩作收入臺灣詩人張香華編輯的「玫瑰與坦克」、詩人雲鶴編輯的「稔」、「穠」、千島詩社的「千島世紀詩選」等。著有詩集「音．浩青詩選」。

八〇年代與詩人雲鶴等文友發起創立「新潮文藝社」；擔任「千島詩社」副社長數屆，現任決策委員。

補衣

閒來無事
從衣篋裡拿出
祖先留下的一件衣服
攤開一看
肩上補了一塊
如西藏的布
已經泛黃

領間上縫得
像新疆
衣角兩個洞
補著二塊紗布

仔細一看
直像香港澳門

長袖上破了一個大洞
剪塊藍緞
把它釘上
旁邊有幾處小孔
也順便用紅綢
把它補了

下襬有條彩帶
日久被蟲蛀
一針一線
用心勾上

叮嚀子孫
就算狂風暴雨
也要小心呵護
永久收藏

麗江

天籟　跌落江中
彈入　我的耳朵

夜是如此寂寥
而我　躡足走進一家酒吧

（風車正在碾碎月光
月是恆古的月
很古樸　很典雅
靜靜地　躺在屋簷上）

我淺酌著
韻味在喉間悠揚
水蜻蜓在腹間翺翔

雞啼了
失落迎面拍來
我扶著冷風彳亍
月娘　已走入江中
　　　　　　江邊
　　　　　　擣衣
　　　　　　　又
傳來聲聲

木偶

扯動一條一條線
拉出一個一個朝代
一個一個故事

拉動一條一條線
抽出一眼一眼的淚水
一墟一墟的笑聲

有骨的
提著無骨的
無骨的
演繹有骨的
戲

有骨的
羨慕無骨的
無血、無淚、無罣礙
一躺在戲箱裡
睡著了

而無骨的
羨慕有骨的
活著

活著的
還在上演
情
恨
仇

珮瓊

從此，你過著／另一種生存／就算遍體崎嶇

千島詩社發起人之一。雨水般溫柔，草木般堅韌。從人群中慢慢走來，把每一個轉身都寫成句子。

聽說

菲島數千中你是孤島
——係童話的虛構——
即使無你，講出去
聽眾都接受
從此，你過著
另一種生存
就算遍體崎嶇
你任海水來沖擊
讓大自然磨平，圓自己
既非嶙嶙
也不崢嶸
你開始嚮往另一
空間，於是
你輕輕地浮起，悄悄地
消失於虛無中
——這是事實

無題三行

（一）

請陪我踱完長長的雨季
終站那邊必定舒服

你撩撒我雪白的濕髮而哭泣

（二）

有些華服底下

實為鶉衣百結

每一結是拾回的崩潰

（三）

你鑽木取火，擬舉
最初的烽火。燒什麼都不夠

你一躍跳進

（四）

他飢餓，你流血，我病危

大家瀕死的泥土上叫
世界

（五）

他不識字，你無名
反正自己也讀不到墓碑

灰塵是同樣的顏色

許露麟

血是一種壯麗的顏色／喜慶時我們用它結彩

許露麟，福建晉江。

1938年出生於菲律賓。

1956年就讀於臺灣國立大學，畢業於菲馬波亞機工系。

1961年開始寫作，詩文、短篇小說常見於菲華文報刊，並主編菲華耕園文藝社的芳草集。

1967年移居臺灣，曾經營五更鼓茶屋，是臺灣與大陸文人，詩人常聚敘座談之地，其也成為創世紀詩社的同仁。

1998年回大陸，而後定居於福建廈門。

血祭
——之二

瘟疫之必要
殺戮之必要
戰爭之必要
從黑死病到艾波拉
從狩獵到飼養
從狼牙棒到槍炮
愛因斯坦以原子彈
推動了文明的進步

生命都始於血
處女的血
臍帶的血

小白鼠的血
灑落沙場的血
整片大地都以血堆積成
整部歷史都以血複印著
李世民取兄弟的血寫下盛唐

血是一種壯麗的顏色
喜慶時我們用它結彩
一朵紅玫瑰來表達愛
雙肋插刀淌血來呈現情義
我們用血淚血汗來描述自己
項羽虞姬以血祭出完美一生
撼動世界的生命
都是在血中綻放

公知
——之二

在家就愛學禪坐在床上
敲著沉靜在盤腿間的木魚
喃喃誦念大悲咒
夢囈般又不知其深意

一出了家門
就想高呼駭你怒啞
雙手各自往左右伸展
把自己塑立成一支十字架

自認是現代的唐三藏
一位西遊取經歸來的學者
上身穿著瀟脫的中山裝
一條牛仔褲則緊裹住下身
一個似東又西的打扮

還沒有忘了如何執筷子
善於在沸騰中的火鍋裡
攪拌挑剔自己愛吃的食物
也很熟練地用刀叉
在盤上亢奮切割著
一塊還在淌血的烤牛排

說你似有一副白臉的西方人
你全身卻又長著一層黃皮膚
自詡已學貫了東西的高貴人
且又不自知什麼才是東西
就輕輕告訴你就是一個東西
一個什麼都不是東西的東西

光伏

在空曠無限的宇宙
我正在摘下
天空上一粒粒的星子
在一望無際的沙漠上
聚集成了一顆大太陽

一株株的草木
緊抓住一粒粒的沙子
開始在此拓荒
一串串的葡萄
紛紛攀在柵架上
仰風蕩漾著
一群群的小綿羊
在吮吸著奶

一群群疲憊的人
圍在篝火旁
手舞足蹈
在狂飲歌聲裡
一隻牧羊犬
靜靜伏在歇息中

張靈

愼重的挑起歲月／決志斬首一根蒼白的回憶

本名張琪，文心社菲律賓分社社長，菲律賓千島詩社副社長，亞華作協菲分會副秘書長，菲律賓華文作家協會副祕書長，華青文藝社工作委員。出版詩集《想的故事》、散文集《惑與不惑之間：一種堅持的美麗》。

春夢滴血在花瓣上

其實這一切都是夢策劃的陰謀
讓血的顏色欺騙每一雙眼睛
以為花瓣是春季最美的祭品

去白髮

持一把精緻完好的杭州小剪
以掩飾最佳的企圖
用三分的驚心，二分的不甘
四分的無奈和一分的無名情緒
相等十分的雜陳滋味
愼重的挑起歲月
決志斬首一根蒼白的回憶

華髮慷慨就義時
留下的史蹟，人人皆知

青春在最悲壯的一剎間
殉葬了！

椰子

藍色，自海平面揮發／鄉愁黯然無光

本名陳嘉獎。祖籍福建晉江。現任菲律賓華文作家協會會長、菲律賓千島詩社副社長。《我們一定要解放口罩》榮獲第七屆博鰲國際詩歌獎年度詩集獎。

異域

芒果金色，近黃昏
更濃稠的西瓜汁是晚霞
喝下它時，大地便牛油果殼般發黑了

月牙比香蕉彎曲
星子在火龍果內也可尋獲
風自遠方吹來
魂魄跳躍在篝火上
你吃著一盤halohalo
我看著無邊椰汁瀟瀟灑落
藍色，自海平面揮發
鄉愁黯然無光

註：Halohalo為菲律賓傳統冰品經典，五顏六色，halo在菲語中有「混合之意」，發音近似hello。

故鄉

鄉間小路盡是高低錯落的石階
無數間石厝生長
在同一塊巨大的岩石上
眺望

每一條船都畫上烏黑的眼睛
每一具網都張開敏銳的耳朵
漁夫的心
則被嵌入堅硬的石片
拋進無情慘烈的風暴

沙灘上擱淺的石子
吆喝著拉網的船歌
猶如一顆顆回游的心臟

稻草人

作為替身
從來就沒人會去拆穿那個把戲
一替竟成雕塑

直到昨日，路過田地
目睹你被掀翻打倒
胸腔多少根愁腸如箭穿出

飛鳥如常掠過
換崗的是五顏六色的塑膠袋
一支支時代的怪手獵獵作響

「沒有了你，會使更多的原野悲傷」
童年的美學禁不住走過去
將受傷的偶像輕輕扶起

蒲公英

歌聲還是岷里拉的歌聲／琴魂歌魄裏有一點點失落

本名吳梓瑜，生於1948年。原籍晉江磁灶村。1955年離開家鄉，在香港念小學。1961年南渡菲律賓。1962年開始學習寫作。曾獲1969年菲律賓《大中華日報》舉辦五十八年度菲華青年小說創作比賽佳作獎，1986年《世界日報》文學獎散文組佳作獎、新詩組佳作獎，2002年亞細安文藝營文藝獎。出版詩集《四十季度》《我是蒲公英》，散文集《公英閣小札》《岷灣絮語》。在菲律賓《商報》以筆名蒲公英寫《公英閣小札》，筆名吳子漁寫《岷灣絮語》專欄。

霧來了

霧來了
小貓的俐落
狡兔的機靈
麋鹿的矯健

霧來了
來自天外
來自雲外
來自山外

霧來了
一派浩瀚的白潔
一派澎湃的迷離
一派洶湧茫然

霧來了
霧似凌雲
我站著

展仰眼前
回首過去
霧茫茫
路茫茫

歌聲琴韻

洋琴還是岷里拉的洋琴
歌聲還是岷里拉的歌聲
琴魂歌魄裡有一點點失落

失落在太平洋
失落在波斯灣
失落在中國海

我們是
現代的吉卜賽
唱不完的椰歌蕉韻
我們是樂觀的民族
歌聲琴韻裡

猶
有點鄉愁
隱隱

綠

我懷念那一片沁人心扉的綠
腳踩過去
笑飛過去
那一片含羞答答的綠

不知什麼時候
也不知從何而來
有株盈人的綠
竟在我家陽臺上落戶

呵！
綠得多可愛
小小的花盆裡可盛得住芊茂萬千
於是我又懷念起那腳踏含羞草的日子

莊杰森

一呼／一吸／脫俗的大愛／在循環

莊杰森，菲律賓中正學院80年度校友，經營事業之餘喜歡寫作，唱歌。平時熱心參與菲律賓主流社會、及華人社會各項社會、慈善、教育、文化活動。現任菲華文經總會評委，菲華工商總會常務顧問，亞洲華文作家文藝基金會董事長等職。臺灣秀威出版公司為莊杰森出版作品計有：《杰開詩幕》、《森情寫意》、《另一種感動》等。

名字

三個字
譜寫一本書

讓大地
傳閱

口罩

不為浮塵所染

一呼
一吸
脫俗的大愛
在循環

綠萍

群山低首／六塵非有／思維在此淨化

蔡秀潤，筆名紫雲，綠萍，是土生土長的華裔菲人，作品曾入選《辛採集》、《辛墾集》、《茉莉花串》、《菲華散文選》、《玫瑰與坦克》、《綠帆十二葉》、《中華散文選篇賞析辭典》、《第十屆亞細安華文文藝營散文集》、《菲華微型小說選》等。

潭影歸雲
——重遊日月潭

陽光熨平了潭水
潭水洗淨了心靈的垢塵

五月，仲夏
我來尋找往日的笑聲
追回曾付與它的寄情

夕陽下，我是一片歸雲
駕起雲舟，飄向光華島
細聽日與月的淺唱低吟
晨霧裡，我編織過美夢縈縈
乘著霧氈，學那遨遊的飛仙
潭影在霧海中迷濛不清

青春的歲月
已在潭面蒸發
清澈的潭水
依然默默無語
流浪的白雲
依然無家可歸

而我怎捨得
飄然而去？

天門山

天門
已經舉手可及
欲踏入天界
卻在超脫與俗務之間
躊躇　徘徊

飄渺雲海
何故鐘聲到客前？

群山蒼茫
群山低首
六塵非有

思維在此淨化
登山者
此刻總該瞭解
齊天大聖的豪情

註：西遊記花果山就在張家界拍攝

劍客

隨著小舟划過的水波／飄動／午後的陽光／映在湖面上

蔡友銘筆名劍客，菲律賓土生土長第三代華裔，目前為《商報》執行總編輯、菲律賓華裔青年聯合會理事兼研究部主任、菲律賓中華研究學會理事、菲律賓全國記者會會員，在《商報》撰寫「想到寫到」專欄逾二十年。

送別袁隆平

一粒粒種子
拯救天下蒼生

一滴滴汗水
灌溉萬畝農田

一分分勞力
造福子孫萬代

一行行眼淚
送別英雄院士

一份份榮譽
永載人類史冊

茵萊湖

我是棲息在
茵萊湖上的
水鳥
隨著小舟划過的水波
飄動
午後的陽光
映在湖面上
照出我內心的
蕩漾

註：作於緬甸茵萊湖中央

靜銘

我的夢／在爆竹的怒吼中碎成片片

蔡孝閩，筆名靜銘，1941年出生，是土生土長的菲籍華人。辛墾文藝社創社元老，學林，岷江詩社，瀛寰詩社會員。作品曾入選《世界情詩選集》、《葡萄園詩刊》、《廈門日報》、《南洋商報》等。擔任商報記者，編輯，執行副總編輯數十年。現從商。

黃昏

剪一匹緞似的黃昏贈妳
小咪咪，緞上繡有妳甜靜的微笑
　　　　　　繡有我的深情
剪成心，舖成路，織成幸福

聽波濤談笑，讓頑皮的風兒替妳梳髮
夕陽已提著滿籃的黃橙歸去

拆株草兒為妳搔踝
我們仍坐在茜草上偷探花葉的情語
且傾聽，且細嚼
花語輕輕，花語深深
於是黃昏便落在我們的掌上
繡成詩，剪成葉，織成幸福

沉思

離草獨坐
四隻小鳥　啣來四聲啁啾
鳥聲心聲
隨白雲流浪而去

我是專推月下門的方僧
走慣窮途末路的
一雙芒鞋
推門　不見佛
上山　不見山
踏破芒鞋
踏破山
依然找不到
我

我是一棵喜歡沉思的樹
一株愛詩的
小黃菊
開門　不見東籬
抬頭　不見南山
挖出泥土
挖出根

依然找不到
我

年華

平安夜
我把一盒發霉的歲月
用鮮豔的彩紙包好
贈給門外討年禮的兒童
於是，我送走了青春
青春也送走了我

黑暗中
我的詩，光耀如同串串的聖誕燈
在人生的羈旅上閃爍不停

我的夢
在爆竹的怒吼中碎成片片
我的理想像一支煙花
現實是火柴
除夕，它們在小孩的手中相遇

蔡思汗

Can I borrow the shadow of your face/ And let mother glimpse you for a fleeting forever（可否借您臉孔幻影／讓母親一瞥您於短暫永恆）

畢業於馬尼拉雅典耀大學，擁有雙學位。他目前是TeamWorx的共同所有人和共同管理者，該集團由多家IT公司組成，旗下擁有PCWorX、ActionLabs和Claritrade等商標。

工作之餘，他也是菲律賓職業西洋棋協會（PCAP）的創始主席，並擔任該職位至今。他曾任菲律賓信用管理協會（CMAP）副主席兼受託人。他自1993年起擔任司儀，並於1997年獲得全國演講冠軍；作為菲律賓地區總監，他帶領該區在2005年成為世界第一的地區。他是米開朗基羅基金會的創辦人，資助了來自各個學院和大學的40名學者。

另一方面，他也涉獵詩歌創作，並自費出版了一本名為《Ready to Serve》的書。

MOUNTAIN OF TEARS

Up the mountain reach for you hand
I long to hold and comfort
Under the stormy sky I climb
Thru rain, thru wind, thru time

A step I take, slip
The rains, like eels, wraps around my feet
The wind, like ghosts, deafens my senses
The time, like the mountain wall, challenges my spirit

Then, finally finally I reach the peak and see you
And I despaired tenfold more
For I have been slipping on your tears, not the rain
And I have been hearing you sighs, not the wind......

山淚（王自然 譯）

攀登山峰我抓住您的手
渴望緊握和安慰
在暴風雨的天空下我爬行
雨裡，風中，穿過時間

我跨前一步，又滑下
雨，像鰻鱺，裹住我的腳
風，像幽靈，聾了我的感官
時間，像山壁，挑戰我的勇氣

然後，終於我終於抵達山巔看到您
絕望更加倍
因為我一直滑行在您的淚水中，不是雨
我一直聽到您的歎息，不是風

BORROWED

Can I borrow the shadow of your face
And let mother glimpse you for a fleeting forever
Your smile I hold for even a frozen moment
Reflected in the mirror across the table

If only the water brimming from the teacup
Catches your gaze, watching her, watching us
I never hold your hand, but as I hold hers
I feel the strength and your warm presence

All I ask
one borrowed moment

借（王自然 譯）

可否借您臉孔幻影
讓母親一瞥您於短暫永恆
您微笑我緊握於凝結時間
反映在桌子對面鏡中

如是茶溢滿的水
捕捉您凝視　看著她

看著我們
我從未握您的手　但當我握住她時
我感到力量和您溫暖存在

我所要求
是一個借來的片刻

蔡銘

我聽見／一波波海浪為每一首深情鼓掌

1965年生，福建晉江人，1977年隨父母移民菲律賓，1983年《菲華新詩獎》佳作獎，1984年《河廣詩獎》新人獎：首獎，1985年學群文藝社之《詩文獎》：首獎。千島詩社發起人之一，曾任第六、第七屆社長。

人間
——致海子

所有的悲傷無關德令哈
戈壁以及雪山
遠方以及淚水
都無關
更無關春暖花開　以及
面朝大海

只因草原上
你目擊眾神死亡

一切
從明天開始

海峽之眼
——記平潭68小鎮

站在海不枯
石不爛的岸上
眺望彼岸
一群群海鷗
飛過來　飛過去
似在追問

穿過風聲　潮聲　喧嘩聲

那望穿歲月的「海峽之眼」
依舊深情地
柔柔地望著
六十八海浬之外

致寧德

（一）三沙光影棧道

人影　傘影
陽光　小雨
還有卡擦卡擦的鎂光燈

坐在小咖啡屋角落
只要有一個窗口
就能擁有一整片大海

（二）霞浦詩歌吟誦基地

佇立在短短的詩歌走廊
詩人說
「母親的背影大於我見過的任何一片天空」
每一段真情
如沼澤　深深
讓我深深陷在那裡

走在長長的沙灘上
我聽見
一波波海浪為每一首深情鼓掌

（三）半月裡

百年老樹
百年老人
一條條不平的石階
一段段曲折的小巷
如畬族人
從歷史走過來

劉一氓

從日影輕移到華燈零落／我沉迷於一種欣喜而不能自拔

劉一氓，另名阿燦，出生於福建晉江，1963年移居香港，青少年時期開始寫詩並參加香港的文社活動。1978年移居菲律賓至今。其詩偏感性，多抒寫愛與孤獨。作品散見於菲律賓華文報刊及中國國內文學雜誌。1990年中國友誼出版公司為其出版詩集《小鎮車站》。他未曾將寫詩作為一種學問來研究，也未視為藝術創作；寫作，對他而言等如講話和寫信，只是一種抒情方式。他相信詩無特殊技巧，所有的語言表達方式，都可以作為詩的技巧。其詩不事雕琢，力避難解的扭曲的語言，追求清新自然的文風。

週末之約

我喜歡平靜之美
享受偶然的沉默
或許無言的陪伴
是給孤獨者最好的禮物

咖啡館中的閒適
是心暫時的港灣
雖是短暫的停靠
飄泊者彷彿找到歸宿

在異國的人群中穿行
我忽然不再落寞

人一生不會有多少次
能將內心釋放

我偏愛你頹廢的氣質
懷念長長的週末時光
從日影輕移到華燈零落
我沉迷於一種欣喜而不能自拔

電子煙

有些世界我難以進入
比如電子煙　那些買客
圍繞著這個攤檔
神色認真而神祕
帶著一種沉醉低聲耳語
像在談論曖昧的戀情
我處身其中
卻是徹底的圈外人

我一生遊離於許多圈子之外
自囚於詩的夢土
如果你不能進入我的孤獨國
就讓我進入你的
請讓我嘗一口你的電子煙

那必然有我不知道的情味
不然你不會有難以擺脫的沉迷
如詩之於我

窗裡窗外

一隻飛蟲
棲落於灰塵滿佈的角落
這小小的房間
是它的大世界
而房間以外的地球
是它浩瀚的宇宙
多渺小的生物啊！
它們各處一方
是什麼人類未知的聯結
使它們在短暫而空茫的時空中
找到同類並延續生命

而窗外的長街上
有那麼多人低頭走路
他們必然有許多孤獨者
為什麼在人海中
彼此擦肩而過？

鄭承偉

用久別重逢的言語／撐起一朵朵記憶的花傘

啤酒達人、浪子、藝術家。活躍於八〇年代的菲華文壇。對現實微笑，對夢境低語。世界太吵，選擇在靜默中尋找回音。

就那麼快步路過的雨傘巷

那個正午陽光快意灑著
但影子就吝得不願多給一些
我們急步走過華人區的邊緣街道
用久別重逢的言語
撐起一朵朵記憶的花傘
抵擋那片毒辣表白而且透明消失的歲月
皮膚微微炙熱
幾乎不太察覺的疼痛
（是不是快樂往事常在雙鬢飛霜的季節
來個況味苦澀的回馬槍？）
接著是額際冒著汗珠
凝結在偶然途經那條巷子的笑談間
當然是老朋友總愛說的一些老故事
往往描述我們失去的年少時代
光芒萬丈的那時
友情很純粹
喜歡，這檔事卻很曖昧

嘴角有著默契的揚起微微笑意
說起那時的熱帶雨季
總會有一個汗流浹背的少年
不時的找籍口往一線天般的巷子裡跑
那巷子不管下不下雨
從來不合適撐傘
就記得只有陽光篩進來耀眼回憶點點滴滴

蘇榮超

在你的眉頭我的腮邊／拍翅。飛翔

於現實與神話的邊緣，一抹心靈的探索，雖卑微卻映照大地，守候人間的破碎。現任菲律賓千島詩社社長，著有詩集《奶與茶的一次偶然》、《馬尼拉，凝望之外的驚喜》等多種。

所以情深

讓一隻高跟鞋去修飾
詩句中的意象
童話並不遙遠
總是在午夜剛響時
向日葵笑靨如花

情深就在歲月兩端探尋
手中牽動的長線
纏繞著破碎舞步，而身影凌亂
彷似滯留夜的衣領上
那枚今生緣份
在褪色的青春裡依然燦爛

剛好，落在繁花入夢的三月
在你的眉頭我的腮邊拍翅。飛翔

我只是平凡的女子，無意飄流
為了一座小小的花塚
當月光如水你將涉水而來
接我，在水之湄在憂愁之外
築夢、對唱
並用一首詩去　追究前生
那瓣伸出蓮池的
修行的荷

魚的申訴
——致屈原

醉又如何
濁又如何
不過是一種制度的流放
濯吾纓和濯吾足
卻是處世哲學的抉擇
你為了清白自己而
濁了我們的家
清風明月默默看著

汨羅江畔委屈的石頭
無辜被犧牲了
環保意識才能抬頭仰望星空

我們已經不再計較污染的問題
卻要蒙上噬你不染塵埃影子的
不白之寃

也罷
你的血管裡早已被固執的
清廉和正義所填滿
理想和離騷互相對望
唯一傳奇就是當你拒絕妥協時
一個偉大的詩人破繭而出

只是苦了大家
每年都得被喧嘩折騰

黎剎公園

已經佇立了109年
從跌倒到爬起也虛度了許多光陰
肌肉有點酸痛　　更痛的是
富強只剩下一堆虛擬
美麗了的椰林在左邊搔首
金色了的雲霞在右邊弄姿
動態的落日和海風將景色吹噓成一幅仙境

而近處中國園林式的設計
還在為公家的天下廉恥禮義一番
更吸睛的卻是池塘裡
那對懶散的遊蕩

3497棵綠色環保了54公頃
邊框外，黑色依然肆虐了無辜的鼻子
和無法關閉的過濾設備
歡樂與不知名顆粒在天空懸浮
生命自顧自在兩個人間穿梭、漂流

當夜漸漸潛近
7107個島嶼卻不能自已的同時
噴出一連串韻律齊整的
花朵
把整張暮色潑濕

註：黎剎公園（Rizal Park）位於市中心羅哈斯大道旁，面對馬尼拉灣。公園裡有一個大型噴水池，是馬尼拉居民休憩的好地方。公園中央豎立著領導菲律賓獨立運動的民族英雄荷西・黎剎的銅像。北邊有專門種植中國、日本、義大利花卉的國際庭園。

輯二：思念的月色如霜

止水

二月啊／你欠我一場雪／圍一座城

原名閆旭，旅菲中國人。1988年3月出生於山東濟寧。曾就讀於德拉薩大學工商管理碩士。熱愛文學創作，藝術鑒賞。

二月

山裡依稀有霧
辨不清你的眼睛
刻在山石上的一段愛情
催眠了神經
似霧似花
像惶恐的人群
結冰的枯井
只有涼風和孤獨
才夾雜清醒
二月啊
你欠我一場雪
圍一座城

四月

未想我會踏入一片海
零星的飄灑著綠和紅
暖暖的浪
拍打著生命的廢墟
望了望廢墟裡的你
咀嚼著風中的泥土
我說不是你的聾
是我發不出人聲
你指指地上的岩石
活像她的雕像
中性的嘴
閃爍的瞳
虔誠的祈禱
像天使的背影

石乃磬

夜，沉鬱的顏色／又摻入了一些藍色或紫色的／迷情

籍貫中國河北辛集市。2007年來菲。關於寫作，理智應該駕馭激情才能飛得更遠。詩歌，雖然只是寥寥數行，但並不比騎行時「破百」簡單，依靠機械式的動作就可完成，寫作時好像並無需特別的準備，但經驗的積累是必須細心且耗費時間的。

裸

夕陽最後的幾縷光
撒在她無瑕的背上
清冷的膚色燃著橘色的火焰
放縱的手指從她的後頸滑落到腰窩
她對我輕吐一口煙霧
今天繚繞成明日的夢

看月

生活的根根荊棘
編織成一個
掛在窗上的捕夢網
——捕捉住夢中美好碎片

圓月已輪回不知道多少個秋
人生的單向道路

不知起始與終點如何連接
圓的規則如此神祕

無夜情

夜，沉鬱的顏色
又摻入了一些藍色或紫色的
迷情
匆忙的結束
失去激情的動作
無愛的空虛
嗒嗒嗒的在指針上
無盡的擴張在
生命殘喘的氣息中

如果

種植了／春天的／第一顆種子

本名粘燕鑫。書寫是與自己相遇的方式，在時間之岸撿拾細小的閃光。

微笑

在一片漆黑
的人潮裡
一抹微笑
就像
一束陽光
照進了潮濕陰涼
的地窖裡
融化了
尷尬與僵硬
種植了
春天的
第一顆種子

成長

淡淡喜悅
絲絲憂愁
在破繭而出的那刻
紛紛一湧而上

得到了飛行的力量
卻失去了大地的支撐

安然

你說應該有夢／延續

本名施雅雯，曾榮獲「月曲了青年詩獎」第二名，並擔任詩社微信公眾號主編。寫詩，是通往內心森林的小徑，總在每一次落筆後，重新長出樣子。

白

您滿頭的銀髮
是上帝用盡了顏料
繪畫

在初春裡
遺留的雪絮

探夢

走了很長時間
只剩一副生硬的骨頭
一把手杖，敲擊著
硌腳的石子路

你說應該有夢，延續
一袋子黑夜白晝
昨日的疲憊

已呼嘯而去
我彎下腰拾起
剪斷的半截明天

宏中

淡黃眼光的盡頭／看不透的夜

本名邱宏中，曾連續兩屆榮獲「月曲了青年詩獎」，語言與心事長年並存。用真情寫作，用沉默愛人。

麥夏吉它

人群中
我獨自徜徉
追逐那狂亂的旋律
一聲聲
若有似無的嘶吶
麥夏吉它
背著　彈著　唱著
一聲聲
看不見　啊～
我掉落在　人群
向她　訴說著
麥夏　吉它

註：麥夏吉它，取自菲律賓語MAHAL KITA的閩南語諧音，我愛妳

夜貓

猙獰的十字鎬
散發著兇狠
一步一步
淡黃眼光的盡頭
看不透的夜

一步再一步

暗潮洶湧的雲
橫過皎月
托長了
驚悚的影

秋之楓葉

當楓葉離開枝幹的時候／不要問我墜向哪裡

呂明恩祖籍晉江。2010年畢業於菲律賓馬尼拉德拉薩大學。現從事建材、木材、玻璃、鋁合金、不銹鋼行業，星宇建材創始人、Ecco Steelbird地產董事長，活躍於菲律賓華人社團，曾榮獲2024年世界呂氏族人卓越菁英獎、及愛心文教基金會第十四屆菲華傑出學生獎。

無救的迷茫

喜歡爬到高高的樹上
在暖風中感受妳的氣息
河畔定格的浮萍
像楓葉一樣孤獨
我曾把殿堂佈置得綠草如茵
卻忘了溪流不經於此
楓葉與大山不堪一比
但大山不會為妳染紅天際
有一種迷茫像似毒藥
在叢林中永遠找不到解藥
賞楓莫待秋別時

當楓葉離開枝幹的時候
不要問墜向哪裡
我要在豔陽高照下燃燒
大地的懷抱更能安息

讓雨洗禮一切

雨，又在清洗走過的小巷
嘗試洗去那虛偽的氣息
水滴拍打著臺階
熟悉的節奏
就像在哭泣
很想告訴您最後的結局
既然走了
裟婆世界
別眷戀——
回頭

思恩

一格的變動／昇華的不僅是／文字

潘偉蓮，筆名思恩，生於中國，長於菲律賓。大學開始接觸新詩寫作，作品靈感大多來自親情、友情以及愛情。在這浮躁的世界中，藉以寫作，聊表那於他無足輕重，於己自我救贖的感慨。文字如媽媽溫熱的掌心，撫平內心狂躁的小人。新詩是與自身的對話，不為取悅誰，只為安頓自己。

無奈

黑夜哭喊著
強擁不放母愛的溫熱

酒窩在嘴角流連
害怕迷失的不止笑容

敲杯聲的響起
模糊了時間
我仍在台下舉著勺和杯

一條生活的鹹魚自懸崖飛躍
像蛻變像成長

悄無聲息　像
堅強

捏娃娃

一塊
白白
淳樸的
泥

無助的
等待
陌生的手
來肆意揉捏

或方
或圓
或長
或短

終將是
我眼中
好看的娃娃

排版

你曾說
這一行
挪過去
攤平了惱人的心事

這一列
往上提
看透了沉浮高低

一格的變動
昇華的不僅是
文字
還有那
酒中的沉澱

你曾說
要看我披婚紗
卻
失了約

流雲

屋簷下的母親／滿眼溫柔

八零後，祖籍泉州，從商維生，俗人一枚，撥文弄字，自娛自樂。

螞蟻

午後的陽光
隨著穿堂的微風
撒進老屋弄堂
女兒蹲在牆角一動不動

順著她的視線
找到了一群螞蟻
頂著比身體大的米粒
匆匆忙忙　來回穿梭在蟻道

同一個老屋
同一個角落
歷史的重複
讓人莞爾

而自己
從看螞蟻
成了螞蟻

鄉愁

記憶裡的那頭
造房子用石頭
屋簷下的母親　滿眼溫柔

常駐心頭

屋頂

老屋露臺
曾經有一片遼闊的海
東邊的　南邊的
海岸線一眼可及
爺爺眺望回航的船隻
總能一眼找出他兒子
然後爺孫倆去候他靠岸

幾十年時光
周邊的小平房
長成了樓房

老屋露臺
某個角度下
還能看見燈塔

沒了海岸線
沒了眺望的人
沒了漁船大公

曾經的小孩
寒風中
放空

恬園

麥哲倫先生，你搶走我的香料／留下一地的苦澀

蔡榅湉，筆名恬園，正在菲律賓學習，最喜歡的作者是瑪格麗特．杜拉斯，喜歡看老電影和漫畫，現居馬尼拉，希望以後能創造更多作品。

名為斐迪南的劫

海浪渡來一名葡萄牙船長
踏上了這片銀色沙灘
愛上了我這麼一座島

麥哲倫先生，你搶走我的香料
留下一地的苦澀
你真讓我哭笑不得

此後我的歷史裡又多了幾位與你同名的男子
我要甜蜜！我要甜蜜！
他們卻只會讓小孩子在微笑的面具下哭泣

我的名字終將成為遺跡
縷縷魂魄依舊離不開你

逆塵

用謊言編織英雄故事／而我的世界已對黑與白搖擺不定

本名陳怡仁，中菲混血華裔，二十歲，DLSU大一新生，高中畢業於義德中學。雖成長於中文教育匱乏的環境，但通過影視劇、小說和網絡自發積累了中國文化知識

尊天意

在神不察覺時，吞噬祂的恩賜
讓無知枯萎的花朵哭泣
用誰的那雙手，證明生命存在的證據

被玷污不純的眼淚啊
用上帝的蔑視，來填滿墮落的心
填滿落空幻想
尊上帝的旨意，吐出變種的毒

死亡之舞，已開啟
用你的獠牙，祭拜所有
質疑生者的聲音
如果你是這個世界的正義，那麼它讓我很噁心

尊天意，將罪孽深埋
用謊言編織英雄故事
而我的世界已對黑與白搖擺不定

用著雙手揭開人類為生存的手段
死神的花，已盛開
如果世界決定在邪惡按我的名字，那麼就這樣吧

夏初冬

於是，精神上了鎖／於是，我開始非正常死亡

夏初冬，本名邵祥梅，生於1989年的河南，冬日的雙魚座，矛盾的綜合體，盲目樂觀與極度悲傷，晝夜交替，喜歡看東野圭吾的系列小說，細膩完整的邏輯性，在每一個或大或小的故事中，揭露人性無端的惡意，日常喜歡黑咖啡，TVB舊劇，人生目標，想要清醒而又迷糊的，和我的小動物們過完這一生。

我是月亮的影子

媽媽說，生我那天正是除夕
聽著鞭炮響，我哭了半天
可是，我沒有記憶

記憶裡是
耳邊全是加密謾罵，我
如一隻將要溺亡的河馬
生活裡全是笑話

後來，他問
唉，你為啥這麼瘦
我說，因為
我是月亮的影子
只敢在黑夜裡
偷偷和狗撿骨頭

精神患者

我想，能飛的時候
就要飛去
去翱翔，去徜徉

媽媽說，陰天

於是，她上了鎖
於是，我開始野蠻生長

我想，能清醒的時候
就要去愛
去給予，去溫暖

院長說，癔症

於是，精神上了鎖
於是，我開始非正常死亡

偽裝

心裡一個想法
大抵也是想要快樂

搖搖晃晃在海邊
流浪一周
撿起貝殼，矖滿泥沙
畫上顏色，掛起
可
日日相見，又怎能忘記
再美麗，都不過是泥沙
沉重，枯黃

心裡一個想法
大多也是想要快樂

張沐卉

從出生／直至死亡／只為見你一面

王麗嬌（筆名：張沐卉），1995年出生，畢業於德拉薩大學金融系。因第一屆月曲了文藝基金會現代詩比賽中獲得佳作獎而加入菲律賓千島詩社。作為詩社活躍成員及新生代代表，她積極參與菲華文學創作與活動。目前，她擔任千島詩社財政一職，負責詩社的財務管理工作。

浪花

一次又一次
被打回大海
又日復一日
拼命沖上岸

從出生
直至死亡
只為見你一面

兩個圈圈

小時候
父母圍著我繞了一圈

長大後
我繞著父母轉了一圈

兩個圈圈
組成一個人生

巴士樂園
——致女兒和貝拉姐姐的友情

叮咚
打開一歲半
與六歲半的相遇
五年距離
在千島之旅
折疊成前後座

每一次的靠近和模仿
都在訴說
我喜歡你
笑聲堆滿了
四小時的車廂

叮咚
車門打開
二人世界也終將回歸
各自的軌道

兒時的棒棒糖
長大以後卻怎麼也找不到

野風

道別是收銀機叮叮的兩聲歎息

筆名野風，本名蔡永輝。祖籍福建，在香港出生，八歲移居菲律賓。在馬尼拉僑中學院完成小、中學課程，後在德拉薩大學完成經濟學士學位。

巧合

走進一家舊店鋪
商品寥寥無幾
貨架透著單薄的悲哀
頹廢使這間店
羞於與我四目相對

取過一瓶空白的水
我用一望無際的枯萎和
育不出大樹的貧瘠
這些等值的情緒與它交換
道別是收銀機叮叮的兩聲歎息

臨別前發現
店鋪竟然巧合的
取了與我相同的名字

望月

自從學會
中秋是思念
嫦娥是欲斷難斷
我便把你
慎重地放進月亮裡

總有幾回
走進城裡的月光
或佇立在深夜的陽台
讓你看看我的近況
有時
你還會故意走開
像當初那樣

我也並非每回都不敢直視你
每年中秋
總能心安理得地
與你遙遙相望

育兒後

媽媽的腳腫了
醫生說
常年對孩子的憂心
在靜脈栓塞
一輩子的歲月靜好
並沒有回流到她心裡

媽媽的腳腫了
攙扶著她
慢些慢些……還能走嗎？要不歇歇？
回過神來
牽著的已是蹣跚學步的小女兒

女兒出世後
把身為父親的我逼了出來
也把作為兒子的我生了出來

陳小杭

調色板上／一些屬於詩的色彩／正悄然匯聚

陳小杭，喜歡看書讀詩，在文學的海洋裡，覓得一份詩意和力量。曾獲由菲律賓「月曲了文藝基金會」與「千島詩社」聯合舉辦的第五屆「月曲了青年詩獎」。詩觀：一首詩的呈現，更多的是來自轉瞬即逝的靈感。

到河邊走走

柔和的日光
從雲的眼裡流淌而出
一群來自遠山的孩童嬉鬧著
誤入一幅畫中
不小心成了創作者
安靜的河
蜿蜒成詩的模樣
水流跌宕出節奏
石塊在長短句中停頓
醒來吧　迷離的眼
清晨已
撲面而來

禮物

清晨，當我醒來
就開始接受一天的禮物
推開窗戶
陽光慷慨地鋪了一地
微風送來遠方的信箋
晴天已經抵達
調色板上
一些屬於詩的色彩
正悄然匯聚

樹語

今年的旱季特別長
長到
樹葉蒙上厚厚的塵土
根鬚竭力地四處探測水的痕跡

手貼緊樹皮
一棵樹的低吟
在身體裡回落

時間的手來回揮舞
一切都無處遁形
再挺拔，再高大
都要在無邊的夢中醒來
等一場雨

棋子

是不是修好它／就能修好破碎的時光

並存於現實主義與浪漫主義之間，淡然亦深情，用最簡短平凡的文字書寫心中的情感，在這過程裡慢慢學習感悟生命的真諦。

明白

拒絕了風的探訪
也拒絕了雨的慰問

把心關起來
是明白
再多的傾訴都不如
走好自己的路

每一朵花都要憑藉自己的力量盛開！

壞掉的手錶

它在抽屜裡靜靜地躺了許久
久到幾乎被遺忘

是不是修好它
就能修好破碎的時光

黃佳昕

金屬的監獄裡／囚禁著一千隻蟬

黃佳昕，祖籍泉州晉江，出生於2005年，在菲律賓土生土長。中學畢業於僑中學院，目前在暨南大學修讀國際事務與國際關係專業。性格熱情外向，熱愛書法、寫作、主持與採訪。以文字為翼，翱翔於想像與現實之間。

新生

將零碎的自己
撒向每一片有花香的芳地
像風中的種子
隨風
飄
散
有的落在山巔　迎接日出
有的沉入海底　聆聽潮汐

在不同的地方
生
長
每一片葉子
都刻下不同的記憶

我試著拼湊
那些散落的碎片
卻發現——
它們早已
長成不同的樹
開出不同的花

卸妝

睫毛膏在棉片上暈開
像一隻垂死的蝴蝶
折了半邊翅膀

鏡中的人
慢慢剝落
一層
又一層
露出被欲望雕刻的輪廓

卸下偽裝
露出真面目
原來
體面只是妝容的一部分
而人性　從來都不乾淨

吹風機

金屬的監獄裡
囚禁著一千隻蟬
它們振翅
煽動的風　穿過髮縫
將夜晚的潮濕吹乾

直到某天
插頭從牆上脫落
沉默中
我聽見——
窗外的風
輕輕地笑了

獅子

風橫亙在海峽裡／吹落芳華

本名盛江，1989年出生，籍貫來自湖北省仙桃市。初中時開始現代詩寫作，旅菲期間，加入到「千島詩社」這個大家庭，重拾少年時的愛好，重溫舊時夢，再續少年遊。

秋

最愛深秋時的黃昏
晚霞裡彌散著柔情
似水，如風
穿過樓宇，拂在臉上
激起一片嫣紅

最愛潮起時的海
沙灘穿上波光粼粼的裙擺
似夢，如煙
掩藏來人的嬌羞
送走異客的鄉愁

風橫亙在海峽裡
吹落芳華
低頭，拾起一片秋天

正念

初升的月與餘暉對望
晚風在麥浪上撥響和絃
蟬鳴聲迷失在糾結的過往裡
等待夕陽墜落
原本堅韌的執念
卻呆坐在禁閣的門外止步不前

旅人們黑白的臉
不需要胭脂來妝掩
孤獨的夜
不需要繁星來顯現
向前走
向有光的地方走
待到燈火闌珊
自會苦盡甘來

習慣

在不會下雪的冬天
享受一杯苦澀的黑咖啡
吃著炸雞配米飯
回味著Sinigang的酸爽的滋味

愛笑的人在墓地裡唱歌
貨架上的果蔬價格令人生畏
Inasal的雞腿總是烤的焦黑
路口的小販們
甜甜的叫著Ate，Ate
聞不到Mega Mall前飄散的茉莉花香
反倒有些不習慣

凡事總有不完美的地方
但我依然選擇迎難而上
天氣預報說颱風將至
可我心中有愛，又何懼風雨

習慣在十點跟人道晚安
卻獨自輾轉到凌晨兩點半

終於睏了
晚安
我這些不痛不癢的習慣

璃雨

你所有的心聲／循環播放／送給明日的太陽

璃雨，本名蔡啓敏，祖籍泉州晉江，2006年出生於菲律賓，先後加入菲律賓千島詩社和菲律賓華文作家協會。曾獲第五屆月曲了青年詩獎獲三等獎。喜歡發呆，幻想，以文字記錄流動的時間，以詩句描繪夢幻的場景。

致森林

我聽你說
風擅自闖入林間
歌頌奴役與毀滅的神話
折幹斷枝巡迴上演
一曲哀嚎遍野的交響樂

野蠻堂而皇之地生長
自稱神使降臨
點起希望的火苗
大地的每一灣淚水
瀰漫在焚燒林木後的氤氳裡

野火燃盡的種子
奮力向下紮根於故土
仰望漆黑如墨的星辰

森林之靈輕聲歎息
部族標誌流失於自詡的文明

被飛鳥攜去的幼苗
以血淚鐫刻的歷史
被時間妝上精緻粉黛
埋藏在年輪深處的疤痕
任春秋流轉圈圈洗滌

日曆

悄悄地來吧
攜帶一封未拆的信
畫著高山、河流和日月
——它沒有色彩

少許線條
勾勒而成的軀殼
拋去符號蘊含的象徵
你我只是空白
嶄新地降生
隨後
被每一次更替抹殺

臨近年底
我都會換一本嶄新的你
期盼來年
與你相似的人間

被子

Zzz…
你在睡覺嗎
又或者
只是讓我
將你的思緒包裹
抑制住它在孤獨中的反撲
滴答——滴答——
我聽見了——你的淚水
在我的頭頂下起雨
連同你一併成為
落湯的雞

Zzz…
這次是你安眠的呼吸
我在你的夢中
滴入了仲夏之夜的花蜜
當你睜眼

整個世界將落入你的眼眸
我們依偎著
不讓情緒發現
讓夜晚的冷氣凝結
——你所有的心聲
循環播放
送給明日的太陽

劉獻洛

歷史的車輪裹挾起塵土／淹沒昨日的悲痛

劉獻洛，菲律賓華文作家協會會員，菲律賓千島詩社社員，《菲律賓世界日報》專欄作家，熱愛文學，酷愛寫作，擅長散文隨筆。偶爾寫詩，卻總是不得竅門。

雨中斷想

雷電劈開了天空
暴雨傾瀉在心中
這顛倒錯亂的人間
妖魔鬼怪橫行

肆虐的疫情
殘酷的戰爭
都比不上資本的蠢蠢欲動
及人心的暗潮洶湧

惡從來不會平白無故消失
受傷卻總是百姓
歷史的車輪裹挾起塵土
淹沒昨日的悲痛

圓月

那一輪亙古不變的圓月
對人間的離合悲歡
總是冷眼旁觀

異鄉人
自作多情
以它寄託相思

輯三：一口溫情在指尖瀰漫

林亞倪

那笑容如波光粼粼的湖面／溫柔，遙遠／卻觸不可及

林亞倪筆名鴨梨，出生於2005年3月，來自中國福建。2024年正式加入菲律賓千島詩社，曾在去年擔任過中正學院正友之夜的司儀。熱愛唱歌、旅遊、詩句創作，目前是一名大一的學生。

魚的七秒記憶

我記得你的容顏，
卻總忘記你的姓名。
你曾輕盈地出現在我的夢裡，
哭過，笑過，也曾存在過。

每次蘇醒，
只剩下水中搖曳的影像，
你如泡沫般消散無蹤，
卻在我心底泛起一陣微弱的波動。
你說話的聲音，
熟悉而柔和，
彷彿輕風拂過湖面，
我將它珍藏在記憶的深處，
卻在一瞬間悄然消逝。

是夢，還是幻影？
那些過往的片段，
如流沙般從指尖滑落。
睜開眼，
眼前依舊浮現你的微笑，
那笑容如波光粼粼的湖面，
溫柔，遙遠，
卻觸不可及。
我深刻體會到——
這一切，
不過是魚的七秒記憶，
如同瞬間綻放的泡沫，
消失於無聲的水底。

林慧妍

陪伴多年的弦／連同回憶也一併擯棄

習慣以文字安放情緒，將心緒傾注於字裡行間。寫詩於我，是一種與內心對話的方式，也是通往世界的一扇窗。我喜歡將稍縱即逝的美好鐫刻在詩句中，讓我的文字如光般落入人心，以詩為橋，為讀者留下一絲暖意。

斷弦

曾是一把完好的琴
可惜　演奏時弦竟鬆動
曲未奏完　弦已俱斷
只剩琴身孤立一旁

你換上新的弦
拋棄了那根
陪伴多年的弦
連同回憶也一併擯棄

琴有了新弦
舊弦卻找不到歸處
只能落在一旁
默默凝望著

於是　曾一同奏響的樂章
被時間悄然埋沒
再無人重寫
再無人傾聽

林霆朗

在凌晨三點的圖書館／逐漸／失去形狀

詩歌於我而言是情緒的宣洩口，悲傷，憤怒，委屈和不甘等等的負面情緒時常會成為我靈感的源泉，當我將這些情緒都以詩歌的形式書寫並記錄下來的一刻，我總能感覺到自己的情緒得到了釋放，好比被堤壩堵塞住的洪水終於得到了釋放。

可樂

易拉罐的歡愉
在喉間炸開一萬顆糖彈
直到
多巴胺的浪潮退去
齒間擱淺著
一具甜蜜的殘骸

折疊

白熾燈下，我把自己
對折，再對折——
像一張寫滿公式的草稿紙
在凌晨三點的圖書館
逐漸
失去形狀

知識是鋒利的折痕
壓進太陽穴
我聽見
脊椎在反抗
發出
紙張的脆響

攤開時
皺褶裡藏著
所有未能
說出的吶喊

施清清

接過那些創造／一針一線　一絲一縷地／延續了你

筆名聿希，祖籍福建晉江，十四歲隨父母移居菲律賓。實體駐留，虛部流浪。靈感常來源於過去的自己與未來的世界——在這二者間，我是記錄者。

另一半

——如果你想變成我
拆下髮冠就可以

你是水的時候
我是髒髒的手
擁入
褻瀆了你

你是寶的時候
我要悄悄地偷
卻是
救贖了你

你講話的時候
我便靜靜地聽
記憶
認讀了你

當你編繪我們的temporality時
我將你的手清空；
接過那些創造
一針一線　一絲一縷地
延續了你

如果我想變成你——
封上髮冠就可以

註：Temporality，指的是關於過去、現在和未來的線性發展的哲學概念。

施雅祺

合則／於雲端共舞／同賞盛世之美

雅人之美，如月之皎；「壽考維祺，以介景福」。施雅祺，今年十七歲，是一名在菲律賓出生的華裔，自小喜愛中華文化，現就讀於菲律賓僑中學院總校十一年級，愛好寫作，多次參加徵文比賽，拿過特等獎、一等獎。唱歌跳舞也是我的最愛，我喜歡把一些中文歌曲或中國民族舞蹈展示給菲律賓的同學看。

水滴之路

本是汪洋中
各自漂浮
白駒一昂頭
似是約定好
爭先恐後的奔赴雲霄

於頂端相遇
惺惺相惜　結伴同行
幻變成各異的棉花糖

合則
於雲端共舞
同賞盛世之美
不合
各自隨風而去
獨覓一方淨海

於是

汪洋中再次漂泊

驕陽下再次共赴

雲端裡再次相遇

輪回一遍又一遍

梁晶晶

行走的造雪機／從櫃子上／優雅的躍下

筆名麻吉，出生於2007年，祖籍福建泉州。喜歡與大自然保持聯繫，在樹影、風聲中尋找靈感，用文字描摹眼中的世界。

貓雪

天花板藏著一片
小小的冬天
每次開門
就有幾簇雪
搶先著陸

剛坐下
雪就爬上了我的衣服
輕輕一攏
團成個小雪球
蓬鬆的
柔軟的

行走的造雪機
從櫃子上
優雅的躍下
原來多年來的

氣象奇觀
是你帶給我的
溫柔饋贈

許瀅瀅

靈魂仍在鱗粉裡練習直角轉彎／每道弧線都是未完的來世

第一屆現代詩講習營學員，現就讀中正學院。用筆尖記下心跳的節奏，相信文字能拾起碎夢，也能編織晨光。

蝴蝶紀事

繭，被風掀開
遺書正以蝶卵形態結痂

我們攜帶寺廟鐘聲的氣息
經過墓碑時，野花突然學會倒放香氣

這是第幾世褪去肉身？
月光在失眠的窗臺晾曬翅脈
所有觸型都指向
眼角結晶的座標

直到晨霧退去——
靈魂仍在鱗粉裡練習直角轉彎
每道弧線都是未完的來世

許鴻傑

規規矩矩的方形總是同情／少一角的三角形

2006年生於菲律賓馬尼拉，祖籍福建泉州，現為在讀大學生。2023年開始接觸並加入千島詩社。愛好音樂、文學與詩歌，喜歡把生活中的每一個難忘的瞬間用文字保存下來。

自刎

引力
讓陌生的我們相遇
轉，轉，轉
卻又隔開
最熟悉的我們

小行星和地球
雙向奔赴
最後
月球自刎
化成無數碎片
環繞在你的周圍
愛著你

幾何的規矩

在王斌大街上
開著車
有些恍惚
和一輛吉尼車
闖了圓圓的紅燈
我被開了罰單
而吉尼車卻瀟灑離去

規規矩矩的方形總是同情
少一角的三角形
卻沒有人會同情
四個角的方形
連三角形
也不例外

傅柏瀚

你厭倦了午後到黃昏的距離／獨自拋下木訥的月

出生於2009年，一名菲律賓土生土長的華僑。性格略抽象，外向，對於寫作其實算不上熱情，但總會將所見，寫成一首詩，喜歡寫看到某件事物後的個人感悟。

過期的牛奶

二零一六年　四月四號
死的靜寂　死的徹底
我拿毛筆臨摹　你的門牌號
我還小　只知道奶奶說
這樣　可以保佑我學習好
直到我抬起頭　下雨了

二零二零年　四月四號
竹是故鄉竹
月還是故鄉月
抱歉　這次不是我了
嬸嬸生了個妹妹
你厭倦了午後到黃昏的距離
獨自拋下木訥的月
趕赴下一趟黎明？

二零二四年，四月四號
你還是喜歡我
像藏在角落不看日期的牛奶
我並不立意要錯過
錯過昨天　錯過今天
錯過明天錯過　錯過

刻下的年月
是我算過最悲痛的數學題

楊悅檸

請相信／你是我此生見過最美的風景

筆名木易，2008年出生於菲律賓，2025年4月正式成為千島詩社中的一員。喜歡用文字描繪想像，寫作風格隨心而變。

風景

明明咫尺之隔
卻似千里之遙
思戀無聲，於是我借風傳語
若一日，你聽見這份來自遠方的細語
請相信
你是我此生見過最美的風景

今年的冬天不太冷

青霧佈滿岑嶺
銀粟肩上消逝
我哈出一口溫情
在指尖瀰漫
溫熱湧向心間
你
將我擁入暖流

陳佳婷

只有視線／將這一刻定為永恆

筆名嵐亭，2008年出生於菲律賓。我有晴天的開朗，也有陰天的寧靜，腦海中藏著一片藍色的小海洋。每一天，我都在平凡的瞬間尋找屬於自己的故事。

觸不可及

海浪拍打著岸，
沙灘留不住腳印，
陽光破碎成你的輪廓，
我伸出手，
觸摸不到風，
也觸摸不到你，
只有視線，
將這一刻定為永恆。

定格

咔嚓——
快門落下，
陽光灑進相紙，
風停駐在靜止的畫面裡。

那天很曬，
天空明媚得刺眼，
風揉亂了髮絲，
又拂皺湖面，
漂浮著一片片碎光，
層層漾開，消失在遠方。

後來，照片褪色，
時間在指縫間偷偷溜走，
可光未褪，風猶存，
似乎仍在等待，
誰能再次喚醒那個夏天。

陳銘楓

不管清風、疾風／或是／不再馳騁

筆名游虛，2007年生於菲律賓馬尼拉，祖籍福建泉州，現為在讀學生。2023年起接觸千島詩社，並正式加入。游走於現實與虛幻，喜愛詩歌與文學，用文字捕捉生活中的點滴。

枯葉

被吹起的枯黃落葉
輕柔地
駐留在折斷的長椅
恒久沉眠
靜候著風的再臨
不管清風、疾風
或是
不再馳騁

葉蝶漸漸乾癟
與碎屑融為埃塵
混進腌臢的泥地

風
此刻
無聲演奏

蔡帥

在不起眼的拐角卻發現哭泣的人／慶祝著湮滅的機械飛升

蔡帥，筆名萌芽，祖籍福建泉州2008年生於菲律賓。十年級時曾教授十一年級國際班學生中文。十三歲自學哲學，奠定深思基礎，發表詩作數十首。高一獲「海鷗社中文寫作比賽」第二名，多次參加「安海杯」、「中華青少年」等詩文賽，曾對教育議題發表見解，刊載報端。

抗爭

一月的大風
敲響了那永不會停歇的鐘
迴圈的鐘聲吵醒睡夢中的人們

我在黑暗的大路上穿梭
慢慢出現了奇奇怪怪的年輕人

廣場上響起老人的謾罵
受罵的人
卻用笑容回應

安靜的可怕
彷彿沒有人經過一樣

被牆上的藝術品砸中
我吃痛的摔在地上
發現今天的街道傳出喜悅的歡笑聲

在不起眼的拐角卻發現哭泣的人
慶祝著湮滅的機械飛升

輯四：聽見時間來了我微笑等它

心田

太陽懸在最後一片葉子上／閃閃發光

吳新鈿，福建省晉江市埭頭村人。以筆名查理寫散文小說，心田寫詩譯詩，釆彌和東明寫專欄。曾任菲律賓華文作家協會會長，亞洲華文作家協會菲分會理事、諮詢委員，千島詩社社務主任，晨光文藝社理事，耕園文藝社理事，菲華藝文聯合會理事。

守望新年

希冀在忙碌中探身而過
尋找夢想的腳步永不止息
守望的心情漫過心窩
讓祈禱無限

希望是新年的圖騰
夢想是新年的福祉
努力是新年的延伸
守望是新年的更替

讓黎明的曙光一路灑來

讀奧亨利的最後一葉

只剩下最後的一片葉子
頑強地支撐一個生命
一個希望
多麼重要的一片葉子
一個將步入天堂門的病人
無奈何地看到從母株飄落的樹葉
凋零　一片　二片　三片
歲月無情
病魔無情
命運無情
一位偉大畫家的手
奉獻仁慈之心　人類之愛
讓最後一片葉子不再凋去
希望之火
生命的春水重新回歸心河
太陽懸在最後一片葉子上
閃閃發光

輯四

心宇

三千年後／仍是風沙嘯嘯／意欲翻騰

心宇，本名洪榮真，祖籍福建晉江，1963年生於馬尼拉，是土生土長之華裔。作品多為散文與詩。1985年畢業於東方大學牙科醫學系。心宇學生時代即喜歡舞文弄墨，「輯熙雅集」成員之一，活躍於八〇年代之文藝團體，大學時期曾在菲華時報做英中翻譯，是中英俱佳，能詩、能文、多才多藝的女中豪傑。

回家

脫去眼鏡
脫去筆挺的
外套
脫去鞋襪以及身上所有的
衣物
脫去毛髮脫去
皮膚和底下的脂肪脫去肌肉與
五臟

？
靈
呢
？

一個骷髏把房裡的東西翻來
翻去　吵醒了
一臉驚愕的地板

緣

——寫給楓（原來離我已遠——）

我乃一粒沙　一個全然的世界
轉動　如思欲
原來離我很遠　且眺望
另一個舞躍的世界向我
飛奔　（或是我向他？）
然後擦身而過　滾
向不同極的無窮遠
於是又眺望另一個
舞躍的世界

三千年後
仍是風沙嘯嘯　意欲翻騰

月曲了

你淺酌豪飲／沒有理由和未來乾杯

本名蔡景龍，1941年於菲律賓出生。中學時代加入菲律賓唯一的華文新詩創作團體——自由詩社，進而接觸臺灣六〇年代現代詩的熱潮，自此對於新詩便有持續關注的熱情。但卻因1972年菲國政府突然宣佈軍統、戒嚴而停筆。到1982年，華報副刊復刊，才又提筆創作，重要作品均寫於此時期。菲華文藝協會、亞洲華文作家協會、菲華作家協會等團體會員。八〇年代獲得河廣詩社新詩優等獎、王國棟文藝基金會第一屆新詩獎。著有《月曲了詩選》等書。

房間曠野

聽見時間要來
我坐在新買的
柔軟如白日夢的皮椅上
微笑等它
轉動椅子我游望四邊藍壁
平靜的海面
日曆如帆　有去無回
又要帶我出海了
輕搖椅子我無心搖動世界
一杯半杯　咖啡海浪
雖蕩起濃郁的
千縷終是過眼雲煙
聽見時間來了
我微笑等它

我徘徊在寧靜的房間曠野
忍受存在
等它怎樣逼那椅子
由新到舊

天色已靜
——悼詩人王若

你淺酌豪飲
沒有理由和未來乾杯
盡乾了　這瓶
好苦澀好甘醇的人生
醉不成藉口
而未回家
你是去了哪裡
我們問執情不放的筆
又問空白的稿紙
只不敢問風
也怕問樹影

今夜　天色已靜
你穿過上閂了的門
你穿進落鎖著的窗
看到等你的人還在等

伸不出什麼
也要伸出一隻手
去撫摸她憔悴的臉
而你的手
她以為
以為是冰冷的月光

今夜　你回來
步不成聲
星光替你踏入家
家是比天堂溫暖的
雖房間的燈火
照得你好痛
你也要留下
走入她的眼睛
住在回憶裡
永不再出來

稿紙
——給父親

雖然　表現不好
我只是你的詩
詩的初稿

你很珍惜
一直細讀著
如今　你不在了
我已全身摺痕
被孩子拿去
摺船卻不滿意
摺飛機也不喜歡

王錦華

不要忘記把我一隻高跟鞋／立刻扔進　他還未完成的詩中

祖籍福建晉江，1942年出生於菲律賓。1987年《時間之梯》獲菲律賓中正學院校友會散文獎第二名，且於1993年被收入《中華散文賞析選篇辭典》。1989年《大哥》獲海華文藝季散文獎比賽佳作獎。著有《時間之梯》，與夫婿月曲了聯合出版《異夢同床》，並為他的遺作結集主編出版《鏡內》、《異夢同床》增訂版。

詩舞之夜

是音樂一直吵鬧著
要帶我回娘家
我的娘家　在愈來愈遙遠的
母親講不完的童話裡

是燈光一直暗示著
應該讓他　有一個自我的週末
給他不同的香水與各種聲音
建造他自己內心的宮殿
是時鐘一直叮嚀著
當深夜十二點正
不要忘記把我一隻高跟鞋
立刻扔進　他還未完成的詩中

平凡

一場樹葉與樹根的大團圓／也該等秋風吧

平凡本名施清澤是位多面手的作家，其所創作的論文、散文、雜文、小說、新詩皆獨具風格，在菲華文藝界可謂獨樹一幟。上世紀六〇年代曾獨創辛墾文藝社，是辛墾文藝社第二任社長；八〇年代任千島詩社第一、二任社長；九〇年代榮膺亞洲華文作家協會菲律賓分會常務理事。1996年作為發起人之一，參與籌建菲律賓華文作家協會。是菲律賓記者總會會員和國際演講協會會員，曾任菲律賓國泰國術館主席、菲律賓中正學院第十九屆級友聯誼會理事長。著有《平凡文集》、《平凡詩集》、《平凡的詩》等。

你我的愛情是為了家的成功而失敗

愛人呀！
分居五十年
最近你不止一次偷偷地躡足回家
雖然從來未曾驚醒過一線燈光
但我熟悉你的體溫
你學遊客把臉裝入攝影機裡
在我更年期的肉體上以各種姿勢遊山玩水
而長年患有白內障的盧山依舊認得你的真面目
當你的國際外匯儲備再一次達到高潮，我只想把你擁抱得更緊
愛人，你是我血液中的紅血球，萬一你惡化為變質的細胞
導彈將以你心跳的速度上升，以臺幣的速度下降

告訴你，兒子的牛脾氣一定是你遺傳的
越來越有一點資本家氣

親愛的，我們的
明珠已鐵定於一九九七年回家
根據體檢報告之預言保證
他回家之後的健康狀況將保持五十年不變，而不變的
五十年前我把家讓給你，把戰爭帶走，把和平留在家中
其實你我的感情都是為了家的成功而失敗
親愛的，思念你是臺北每一條街道的名字
而回家，一場樹葉與樹根的大團圓
也該等秋風吧
對付晚歸的愛人，穴居人用大木棰是為了找不到語言
而親愛的，你用昂貴的導彈是為了
言語不通？

蚊子

看你小
看小你
小看你

打死你
流的
又是我的血

黑人

伸手不見五指的
人權
臉上
裂開兩排整齊
白得發光的
無言

林泥水

每一度殘冬的鞭炮／總敲醒破碎的幻夢

林泥水（1929-1991），福建晉江人。戰後渡菲，畢業於中正學院師範專科。曾任教七年，其後經商，卻一直寫作不輟。五〇年代寫過大量劇作，反映現實，為各劇社、僑校爭取演出，兩次得過劇作比賽第一獎。1950年參加菲華文聯短篇小說賽，得第二獎。1986年王國棟文藝獎：小說獎得獎人。除創作劇作、小說之外，偶爾涉及散文、新詩、論述，1983及1984年曾獲菲華散文比賽第二獎，新詩比賽第二獎。著有短篇小說集《恍惚的夜晚》和多幕劇《馬尼拉屋簷下》及《阿飛傳》等以及詩文集《片片異彩》。

鴿的聯想

早晨
藍得發油的天空
習習清風
有鴿群飛起
輕輕然兜浴初陽

安詳中
燃根煙
噴出煙圈
透過窗口鐵絲網
窺望遠方氳層
粒粒黑點掠過線條縱橫的方窗
驀然

自腦際浮起
結隊的飛機
雷達的經緯
而香煙也含有火藥味

渴待春雷

島國的氣溫
春冬不大變動
而去年九月至十二月間
人們卻殘喘在悸寒的嚴冬
料峭裡的銀花火樹
縮瑟於危危的樓窗
這飄雪的季節
有幾人添裁新裝

爆竹聲起
嗶咧啪啦迴響於子夜的高空
我們推想
北極冰山即將解凍
困在地上的冬蟄的昆蟲
正期待另一聲新的雷鳴
每一度殘冬的鞭炮
總敲醒破碎的幻夢

在兒時依稀記憶中
當新雨灑遍家山
遠方的崗巒亮麗明朗
田壟披上油油的衣裳
暖暖的水池
鴨子在遊蕩
綠綠的枝頭
黃雀在歌唱
春深的三月天
那時江南已鶯飛草長
而此時島國的氣候
春冬的界線　仍然是
一片茫茫

范零

馬蹄聲碎不了／嚮往的金陵／「西西披」比不上／第一的小南光

本名范鳴英，祖籍中國河南省瀋坵市。她曾自述：「本名是我寫散文用的。寫詩時用『范零』，讓我有種空靈之美。寫專欄時用『豫人』，一種懷鄉的情懷，提醒我是河南人。」早年旅居臺灣，畢業於臺灣中國文化學院中文系，1978年移民菲律賓。曾為菲律賓聖多湯瑪斯大學博士候選人。後長期任職於教育界，曾任晨光中學校長。作品入選《菲華文學》文集。

中國城

那又叫唐人街的
　　　　　　　　中國城
在有土地的每個地方
　　　　　　　　馬尼拉
也有這麼一個庫倉
香燭　金鋪　國貨行
水餃　麵線　荔枝商
摩肩擦踵的擠在王彬街上
而蓮步款擺短褂長袂的人兒
　　總不厭的磨蹭在這坎坷的路上

豆腐　豆芽　小香菜
蔴油　米酒　芝蔴醬
飄洋越海的奔馳在呵郎計
　　　　那都說最貴的市場上

泥濘污穢腥臭的地方呀
　　　　是龍兒浮游的穹蒼

馬蹄聲碎不了
　　嚮往的金陵
「西西披」比不上
　　第一的小南光
黑龍江（註一）聞著比
　　巴石河香
靈芝草
　　更將阿斯匹靈撂在後方

別說中國城不是中國（註二）
移植她在另一個實驗臺上

異邦的水化不開那濃於水的血
異邦的日融不了透白透白的黃
異邦的月柔不進「巴格伊比」的眸
異邦的星照不透疙疙瘩瘩的結
中國呀！中國
龍的傳人永是你愛的心房
從親善門到中菲友誼門
妳不正將
上帝

左右各一的捍衛在他們兩旁
孕育出
一個你儂我儂的天堂

註一：貫穿中國城的那條河常呈黑色，眾人皆戲稱其為黑龍江。
註二：名女詩人謝馨女士，詩作〈王彬街〉一詩中之詩句。

南山鶴

日出斜斜　日落斜斜／人立靜等待靜立人

南山鶴（1943-2019），原名陳戰雄，菲律賓土生土長華裔，祖籍中國福建晉江。曾任菲律賓華文報外勤記者，專欄主筆，新聞與文藝編輯。十八歲出版《戀的哲學》詩集。七〇年代移民加拿大，九〇年代回歸菲律賓，千島詩社決策委員。著有《南山鶴詩選》。

比薩斜塔

如果你是直直的
像我的脊椎
天空早被你刺破
歷史七景剩六景
你就不會看到我的背影交叉
無人俯拾的米豈止五斗

你卻還選擇斜斜看人生
讓人生也斜斜看你
否定了幾何代數
也否定了人生幾何
日出斜斜　日落斜斜
人立靜等待靜立人
既然鐘擺已停　車笛催發
何必堅持要爬上去
掛一個時間

握手

「果子青青的時候
我是早到了一個風季的過客
果子成熟的時候
我是遲歸了一個冬夜的旅人」
——最初的故事（一九六一）

輕輕一碰，不敢緊握
那曾經理亂少年愁的一隻手
怕的是陌生的中年
又握出一個不該的緣

我們都老了
我已非我，妳也非妳
只有一本薄薄的「戀的哲學」
依然不合哲理地
在遺忘間又記起

廿五年風沙崩潰不了世俗
望遠只能看到前塵，看到往事
看不到自己身後的蕭條
如果真的是歸去來辭
就請帶走我兩袖的清風

在回歸路上每一個驛站
趁涼，趁涼

OMAR KHAYYAM
——向波斯偉大詩人敬禮

我認識你的時候
是看到你把天文、數理
還有酒和哲學
都注入四行裝框
掛在歷史

兩種古老的語言
交織成貫通千年的橋樑
如果不是造化弄人
你在那端低吟
我在這端推敲
輕輕一擊掌
早已成莫逆

是你要寫序
還是我寫後記

張斐然

而到了一個地方／就得講那裡的話／唱那裡的歌

緝熙雅集成員，八〇年代的文壇驕子，才氣縱橫。寫詩，是一種在現實中偷偷長出的野花。

老土地

守護著一大片的
土地　已不忍
看黃河流下的族民
創造千千萬萬的
土地公　去守護自己的
土地

收音機

在我誕生的第一天
我是沒手沒腳
而他們早已準備了一條很長的路
他們用盒子的顏色包起我　我的性命
出生八字　還有我雙眼

雖流動在每條血脈包裹的不是血
雖然沒頭沒肚坐船會暈會吐

雖沒舌沒口
而到了一個地方
就得講那裡的話
唱那裡的歌

————我沒有知己而唱一輩子
唱一輩子他們的歌

曾幼珠

踉蹌過／緊風淒雨的泥路／踩一地　太陽

曾幼珠，千島社員。曾為育仁中學中文老師。淺酌豪飲，女中豪傑。她的詩中充滿自然意象與情感的轉折，展現出人對根、對家的深沉懷念與身分的迷惘。

風的嘀咕

卻把未知的符號
掛在每個飄泊的日子

聽風的嘀咕
隨渡船
直朝對岸飄去
我是把夢
擱淺在
沁滿康乃馨暖撫的人
深邃的眸子　亮著
南方的凝望
化不開濃濃的思念

循著足印
從秋海棠的廣袤
流徙來
腳步　挪入

火紅蒸騰的荒瘠
踉蹌過
緊風淒雨的泥路
踩一地　太陽
打從椰蔭篩漏的流光
那移植來的
樹絡如縷
纏牢棕色土壤
兀自延伸
繁衍不已

浮泛
茉莉清香的小屋
風鈴叮叮　自空氣中
漾來遠方的鄉音
曳動　沉入搖椅
抽雪茄的白髮人
吐出了煙絲　捲起
迷惘的繚繞　於是
滋生在老人心內
鄉夢的癌
又逐漸擴散
而蔓延……

在異鄉待久
呷慣　潮濕月光
　　　　　拌攪芒果酸的人
竟有料峭的涼意
臉色蒼白了許多
而我呢？

莊垂明

我用眼睛拍照／用淚水沖洗／眼裡的山河

莊垂明，筆名小夜曲。1941年8月生，菲律賓中正學院師專畢業，菲華文藝協會常務理事，2001年逝世。他二十歲便領導創辦「自由詩社」，莊垂明詩作多為去國懷鄉之作，可比唐代邊塞詩人。

瞭望臺上

指向前面
嚮導說：
那就是邊界
不可擅越

站在落馬州的瞭望臺上
我偷問蒼鷹
凜風，鳴蟲
什麼叫做邊界
他們都說：
不懂

白鷗灰鷗

「附近有兩座碼頭，在D碼頭
釣魚的，都是一些白種人，在

G碼頭釣魚的，則以黑人為多，
你若是喜歡釣魚，就到D碼頭
去。」

這兩座碼頭我都去過，不是去
釣魚，是去看海鷗，看那些在
D碼頭捕魚，在G碼頭翻翔的
白鷗灰鷗，灰鷗白鷗

淚中山河

持著照相機
國籍混雜的遊客們
競先拍攝著
故土邊區
縹緲的雲霧

而我肅立坡上
手中什麼也沒有
我用眼睛拍照
用淚水沖洗
眼裡的山河

溫陵氏

酒裡沉潛遊子的詩魂／揮去一縷鄉愁

溫陵氏本名傅成權，菲律賓華文作家協會副會長、中外散文詩學會菲律賓宿務創作基地主任、菲律賓商報《中國作家作品選粹》專欄執編。

請再瀟灑走一回

想寫一首溶冰化雪的小詩
留住曾經擁有的時光
奈何冰城的冬季如斯漫長
就像一團解不開的謎
人說南國的紅豆最相思
我道北疆的黃豆更可人
如果是因為遲來的春汛
錯過了播種的季節
那麼，又何苦在意
天長地久
請再，瀟灑走一回

再乾一杯

再乾一杯
杯中晃動故鄉的圓月
酒裡沉潛遊子的詩魂

揮去一縷鄉愁
喝下萬古情親
縱然醉倒，也是
在故鄉

輯四

陳默

「學『人』倒學得好／怎麼『中國』就學不來？」

陳默，本名陳奉輝，菲律賓土生土長華裔，祖籍中國福建南安。曾擔任菲律賓千島詩社主編多年，是千島詩社發起人之一。於2020年7月逝世，享壽八十高齡。著有《陳默詩選》。

出世仔的話

妹妹初上幼稚園
爸爸考她認字
寫了個「人」
她說TAO
爸爸摟著她親了又親

學期終爸爸又寫了「中國」
她茫然搖頭
爸爸雙手蒙住臉
喑啞著聲調：「學『人』倒學得好
怎麼『中國』就學不來？」

註：出世仔意指中菲混血兒。TAO乃菲語，意即人。

想你

想你
已是生活軌道上的日月

情感的泥巴
一經日月輪流烘烤
將是易碎的陶器
塑之為茶杯吧
恰可盛載苦澀
再加個蓋子
以免相思溢出
不想卻比想更難過
杯中日月迴圈依舊

想你
已是生活軌道上的日月

水的傳奇

一滴水
從天上掉下來
是雨水
流到河裡

是河水
蓄在水庫放出來的
卻是自來水

兄弟啊兄弟
你水滴般地
流到大陸被稱為番客
到臺灣被叫做華僑
入了菲律賓籍的容器
卻被看作中國人

淚水啊淚水
你是淚還是水

謝馨

說我是童話中詭譎的魔氈／披頭的形象有夢狂放

謝馨，1938年1月6日生於上海市。1948至1955年由滬抵臺，詩作四度入選臺灣年度詩選（1984、1985、1989、1992），詩集《石林靜坐》獲華僑救國聯合總會「海外華文著述獎」詩歌獎第一名（2002），〔英譯〕選入Traveller's Literary Companion to Sontheast Asia, England 1994，詩參加臺灣農復會、臺北藝術大學、聯合報副刊主辦「送花一首詩」徵詩活動，入選最佳二十首之一。詩之英譯三度獲選菲律賓每月最佳詩作。

絲棉被

當然我無意
重覆抽絲
剝繭的過程：由蛹
至蝶，遠溯至
老莊底夢境
我只沿著絲路，尋覓
溫柔鄉
的位置：彩繡的
地圖，在被面
勾勒出東方
旖旎的經緯。織錦的
羅盤，由纖細的花針
指向古典
琴瑟的一絲一弦

點燃一隻紅燭。低吟
　　一首藍田
種玉的晦澀詩篇
啊！溫柔鄉
雲深，霧重
虛無縹緲如芙蓉帳
閉上眼，依稀聽見
春水暖暖
自枕畔流過……

波斯貓

我伸縮的瞳孔在黑暗中見到些什麼
東方一古老國度的神祕以及你前世
再前世
許多世結下的宿緣
在光映七彩的白晝
我是九命迴旋陰陽界的異端
三度空間的歲月閒適入絲絨椅墊
望過魚缸的海洋　鳥籠的
天空　有人前來向我索取
第六感之外的預言
靈視的觸知豈僅一雙
狐媚的眼　隱喻般

你蠱惑於我謎樣的姿態
說我是　霧
說我是　女人
說我是童話中詭譎的魔氈
披頭的形象有夢狂放
蓬鬆的容顏有雲的飄逸
意興來時
你會為我悉心妝扮——
繫一個小銀鈴響出叮叮的情韻
紮一個蝴蝶結飛出翩翩的愛念
孔雀王朝浮華的羽翼奪不去
我的專寵　當我雪印花瓣
悄靜的步履踩汝踩入
踩入妳最最纖柔
最最深微的
潛意識裡

混血兒

血，只有一個顏色
怎麼混
還是紅的
可是——
曾祖母最貼身的一塊中國古玉的

綠
卻在你的瞳孔內閃耀著　那是
你們的傳家之寶
在東方，是異常罕見的
在西方，沿著
你斜斜上翹的眼梢
人們總奇怪
何以把麥穗照得金黃的太陽
卻染不黃
你黑檀木似
的烏亮的髮叢？
而當你的父親，在一次遠行
把種子從北地帶到
南國
你的皮膚即從未懂得什麼叫做
雪的蒼白。無需躺在沙灘
曝曬，即呈現
一片自然的淺棕色的
健康美
如此繽紛的色彩似乎仍不能滿足
人們的好奇
他們還會爬上
你的鼻樑和脊骨去
尋根

覓源

看你的憂鬱是屬於地中海的藍

你的憤怒

黃河的黃

聽你的笑聲是屬於爽朗的西方

你的沉思

深邃的

東方

靈隨

不再思想　不再呼吸／不再感覺你／剖開黑暗的／壯舉

靈隨，千島詩社社員。活躍於八、九十年代的菲華詩壇，曾獲菲華新詩獎佳作獎。他的詩語言看起來微不足道卻反映出人性中那種執著、投入與自我燃燒的情感張力。

蛾之死
——子曰：朝聞道，夕死可矣

就這樣
讓我拋棄一切
撲倒在
妳底懷裡

儘管
妳那麼微不足道
我仍願意擁抱著

直到我已
不再思想　不再呼吸
不再感覺你
剖開黑暗的
壯舉

日蝕懷母

（之一）

日蝕
已經毫無觀賞的意義
因為再也沒有一個
會細心傾聽
每一點小小的
關於天文常識的她
如我每一次所對她說的話
打從我　呀呀學語時
她就一天一天地
小心地記著
每一句話

（之二）

眾人爭著　獵取
九時〇六分
那一刻的
歷史鏡頭
我沒有激動
因為在那
黑暗的一刻
我看到

天空中一隻緊閉的
黑色眼圈
如母親受傷的眼睛
那麼腫
那麼痛

千島詩社40年紀事年表

1984年

一群菲華詩人：月曲了、謝馨、陳默、白凌、林泉、和權、吳天霽、蔡銘、王勇、珮瓊發起籌組「千島詩社」。

1985年情人節

千島詩社成立，《千島詩刊》創刊號刊登於《聯合日報》（每月定期發刊），千島詩社不設社長職位，只設三位編輯：月曲了、林泉、和權（第一期至第二十六期）。

千島詩社作為籌備單位，參與「第二屆亞洲華文作家會議」在菲律賓舉行的籌劃工作。

1987年

千島詩社聯合耕園文藝社、王國棟文藝基金會、辛墾文藝社主辦「菲華現代詩學研討會」邀請臺灣詩人訪問團：洛夫夫婦、白萩夫婦、向明夫婦、張默夫婦、辛鬱夫婦、張香華、蕭蕭、管管、連寶猜等訪菲。

1988年

平凡（施清澤）榮膺第一屆社長，舉辦「詩舞之夜」。邀請臺灣詩人羅青、蕭蕭來菲律賓講學，舉行數場現代詩講座及座談會。

1988年～1990年

《千島詩刊》主編：陳默。

1990年

平凡（施清澤）連任第二屆社長。

1991年

出版同仁詩選《千島詩選》、《千島一九九零》

1991年～1992年

《千島詩刊》主編：施文志。

1992年

千島詩社舉辦文藝營，邀請臺灣詩人、作家：林燿德、鄭明娳、羅門、吳潛誠、林水福，許悔之、王幼嘉等人擔任講師。

1993年

月曲了（蔡景龍）榮任第三屆社長。

1993年～2002年《千島詩刊》（不定期出刊），主編：施文志。

1994年

組團抵臺北慶祝《創世紀》成立40週年，與《創世紀》詩社結為姊妹社。

1996年

發行悼念永遠名譽社長詩人平凡專刊。

1997年

江一涯（蔡滄江）榮任第四屆社長，邀請臺灣詩人杜十三為就職典禮主賓，舉辦文學講座與座談會。

2002年

白凌（葉來城）榮任第五屆社長，臺灣詩人張香華訪菲、發行故林泥水戲劇選集《馬尼拉屋簷下》。

2007年

蔡銘榮任第六屆社長。

2011年

7月

發行悼念第三任社長暨創社人之一月曲了特刊。

8月

設立〈千島詩社〉電郵：tipa201188@gmail.com。

9月

《千島詩刊》復刊於《世界日報》每月第一個星

期三出刊，主編：陳默、王仲煌（2011年9月～2013年1月）、舉行《千島世紀詩選》暨六位同仁新詩集發行儀式、展出同仁創作出版的書籍及發行特刊

10月

假晉總舉辦月曲了作品座談會「月曲了的多彩星空」。

2012年

千島詩社與月曲了文藝基金會聯合舉辦首屆「月曲了青年詩獎」並舉行頒獎典禮暨月曲了逝世週年紀念活動。月曲了詩集、紀念文集《鏡內》及王錦華《甜的眼淚》新書發行。

12月

社長蔡銘、名譽社長江一涯（蔡滄江）、白凌（葉來城）、副社長浩青（王仁謙）、編委張靈（張琪）抵臺祝賀《臺灣詩學季刊雜誌社》成立二十週年，千島詩社與臺灣詩學季刊雜誌社結為姊妹社。

2013年

2月

蔡銘連任第七屆社長，《千島詩刊》主編：張琪、王仲煌（2013年2月～2015年3月）。

7月12日～14日

假菲律賓中正學院和菲律賓商聯總會舉辦「首屆菲華現代詩講堂」，邀請著名詩評家陳仲義教授及當代名詩人舒婷女士擔任主講人，舉行新書發行儀式《你走後——月曲了大祥紀念集》。

2014年

7月

千島詩社與月曲了文藝基金會舉辦第二屆「月曲了青年詩獎」並舉行頒獎典禮暨月曲了逝世三周年紀念。

2015年

7月

向商報借版發行Young帆詩刊雙月刊（創刊版），提供年輕詩人發表園地，主編：王麗嬌。

9月

小鈞（陳曉鈞）榮任第八屆社長，舉辦千島詩社三十週年慶、第二屆菲華現代詩展、《千島詩刊2011-2012》、《千島詩刊2013-2014》新書發行、「第二屆菲華現代詩講堂」，邀請臺灣學者詩人須文蔚教授任主講嘉賓。《千島詩刊》主編：蔡永輝、潘偉蓮（2015年4月~2017年7月）。

2016年

舉辦菲華現代詩研習班，由年輕同仁自主策劃並邀請講師。

7月

千島詩社與月曲了文藝基金會假中正學院舉辦第三屆「月曲了青年詩獎」頒獎典禮、第三屆菲華現代詩展、發行《異夢同床》增訂版。

2017年

4月

菲律賓作家聯盟（Umpil）假亞典耀大學頒予千島詩社Ang Gawad Pedro Bucaneg Award文學團體

獎、此前千島詩社有四位同仁（月曲了、施文志、謝馨、王勇）得到菲律賓最高文學獎：詩聖描轆遝斯獎（Gawad Pambansang Alagad ni Balagtas）。

6月

創設「菲律賓千島詩社微信公眾號」：qiandao 1985_ph，主編：施雅雯（2017年6月～）。

同時設立「千島詩社」臉書FB帳號。

9月

蒲公英（吳梓瑜）榮任第九屆社長，舉辦「第三屆菲華現代詩講堂」、施文志《解放童年》、王仲煌《拈花微言》新書發行，邀請臺灣名詩人白靈擔任主講人。《千島詩刊》主編：石乃磐（2017年8月～2019年2月）

2018年

1月開始，千島詩刊（月刊）由世界日報移至菲律賓商報刊登。

7月

千島詩社與月曲了文藝基金會假世紀酒店舉辦第四屆「月曲了青年詩獎」頒獎典禮、《我是蒲公英》

新書發行。

2019年

2月14日

王仲煌榮任第十屆社長，舉辦「第四屆菲華現代詩講堂」，邀請名詩人韓東擔任主講人。《千島詩刊》主編：石乃磐。

6月3日到6月8日

千島詩社攜手「月曲了文藝基金會」於美佳商場舉辦首屆（2019）「端午節詩歌文化活動」暨「第五屆菲華現代詩展」，首次展出三十多首中菲對照千島同仁詩作，譯者：施華謹先生。

8月24、25日

「亞洲華文作家文藝基金會」主辦新詩寫作講座，王仲煌、蘇榮超、陳嘉獎、張琪四位同仁受邀擔任講師。

12月28日

《千島詩社截句選》由臺灣秀威出版社出版，主編：王仲煌。

2019、2020年

千島詩社兩位元老南山鶴、陳默先後逝世，千島同仁編著《陳默詩選／南山鶴詩選》合集，由菲律賓莊茂榮基金會出版，以資記念。

2021年

菲律賓莊茂榮基金會出版同仁詩選《詩在千島上》中菲對照本，由施華謹菲語翻譯。

2022年

2月

舉行「第十一屆職員線上就職典禮」，蘇榮超榮任社長，「千島詩刊」由野風擔任主編。

同時在線上發佈八本同仁新詩作品，分別為：《千島詩社截句選》、《岷灣絮語》、《是我》、《陳默南山鶴詩選》、《詩在千島上》、《奶與茶的一次偶然》、《遺失》與《小詩磨坊》。

「第五屆菲華現代詩講堂」因疫情影響改為線上舉行，主講人為臺灣詩人葉莎。

3月

於微信平臺建立「千島讀詩」群組，供詩社同仁分享詩論與詩作。

創設「千島影音號」，將同仁詩作製成朗讀視頻，與各地詩友交流。

同時設立「千島詩社」YouTube帳號。

4月

舉辦首次「千島談詩」，由詩社同仁輪流分享詩歌主題研討或讀詩心得，至2025年6月已一共舉行了十三期（第一至七期為線上談詩，從第八期開始轉為面對面線下對談）。

9月

與「月曲了王錦華文藝基金會」聯合舉辦「第五屆月曲了青年詩獎」，並於2023年2月假中正學院文學館會議室舉行頒獎典禮。

12月

出版《夢與不夢間——千島新世代十年詩選》。

2023年

1月

微信「千島公眾號」改為每週發佈兩次，並新增欄目「千島新世紀詩選」，不定期刊登同仁優秀詩作，由劉獻洛擔任主編。

8月

於中正學院文學館會議室舉辦「第一屆菲華現代詩講習營」，由王仲煌、蘇榮超、陳嘉獎擔任講師，共有18位學員順利結業。

2024年

2月

假華裔文化傳統中心舉行「第十二屆職員就職典禮」暨詩社成立四十週年慶典，同時舉辦「第六屆菲華現代詩講堂」開幕式、「第六屆菲華現代詩展」及八本同仁新書發表會，包括：《音》、《想想》、《雲淡風輕》、《抱抱》、《我們一定要解放口罩》、《夢與不夢間》、《馬尼拉，凝望之外的驚喜》與《詩寫菲律賓》。

蘇榮超連任第十二屆社長，「千島詩刊」主編由黃佳昕接任。

「第六屆菲華現代詩講堂」於僑中與中正學院開講，主講人為臺灣學者詩人方群。

3月

於中正大學文學館舉辦「輕輕的我來了」學生新詩座談會。

4月

詩社同仁詹超鴻（阿占）榮獲菲律賓最高文學獎——詩聖描轆遝斯獎（Gawad Pambansang Alagad ni Balagtas），於亞典耀大學舉行頒獎儀式。

8月

與晉江作協合編《藍鯨詩刊》晉江籍華語詩人專輯出版。

9月

與「月曲了王錦華文藝基金會」及「菲華校聯」聯合舉辦「第一屆王錦華華校學生現場作文比賽」並於10月份假校聯大禮堂舉行頒獎典禮，共有15位中學生獲得獎項。

11月

於中正大學文學館會議室舉辦「第二屆菲華現代

詩講習營」，由蘇榮超、潘偉蓮、邵祥梅擔任講師，共16位學員結業。

12月

社長蘇榮超榮獲「2024東南亞詩歌獎・貢獻獎」

副社長陳嘉獎（椰子）榮獲「第七屆博鰲國際詩歌獎年度詩集獎」

2025年

3月

假San Rafael, Bulacan舉行「千島詩之旅」一日遊，詩主題為：「創作方式的本質區別——AI 時代新詩將何去何從？」

與「月曲了王錦華文藝基金會」聯合舉辦「第六屆月曲了青年詩獎」。

4月

本社蔡啟敏、黃佳昕於第四屆「世界記憶遺產・僑批」主題文學創作大賽中，分別榮獲新詩組三等獎與優秀獎。

5月

本社與「亞華作家文藝基金會」簽署協議，基金會董事會決議將部分基金結餘交由詩社專案帳戶託管，作為支持文藝活動之專用經費，以延續文藝薪火、培育文學新人，特別用於「菲華現代詩講習營」之活動。

本社同仁陳小杭榮獲「旅菲各校友會聯合會」主辦「慶祝菲中建交50週年徵文獎」社會組優秀獎；傅柏瀚榮獲學生組優秀獎，林澤凱榮獲學生組佳作獎。

語言文學類　PG3203　秀詩人131

千島40年詩選

主　　編 / 蘇榮超
責任編輯 / 洪聖翔
圖文排版 / 楊家齊
封面設計 / 嚴若綾

出版策劃 / 秀威資訊科技股份有限公司
法律顧問 / 毛國樑　律師
製作發行 / 秀威資訊科技股份有限公司
114台北市內湖區瑞光路76巷65號1樓
電話：+886-2-2796-3638　傳真：+886-2-2796-1377
http://www.showwe.com.tw
劃撥帳號 / 19563868　戶名：秀威資訊科技股份有限公司
讀者服務信箱：service@showwe.com.tw
展售門市 / 國家書店（松江門市）
104台北市中山區松江路209號1樓
電話：+886-2-2518-0207　傳真：+886-2-2518-0778
網路訂購 / 秀威網路書店：https://store.showwe.tw
國家網路書店：https://www.govbooks.com.tw
經　　銷 / 聯合發行股份有限公司
231新北市新店區寶橋路235巷6弄6號4F
電話：+886-2-2917-8022　傳真：+886-2-2915-6275

2025年9月　BOD一版
定價：320元

讀者回函卡

國家圖書館出版品預行編目

千島40年詩選 / 蘇榮超主編. -- 一版. -- 臺北市 :
秀威資訊科技股份有限公司, 2025.09
面；　公分. -- (語言文學類；PG3203)(秀詩人；131)
BOD版
ISBN 978-626-7770-18-4(精裝). --
ISBN 978-626-7770-17-7(平裝)

851.486　　　　114011806